피어라, 오늘

피어라, 오늘

노정숙 에세이

도서출판 북인

작가의 말

모국어로 웃는다

위로가 필요한 나날이다.

오늘이 최고라고 세뇌하며, 깊고 엄한 시간의 힘에 몸을 맡겼다.

8년 만이다. 그 동안 여러 매체에 발표한 글을 추렸다. 모자라고 아픈 걸 어르고 달래며 맺은 열매다. 단내나는 탐스런 복숭아가 아닌 새들이 입질을 한 못난이 사과에 가깝다. 버려도 아깝지 않겠지만 누군가 그 사과가 꿀보다 맛이 괜찮다는 걸 알아주길 바라는 마음도 있다.

오래 앉아 있었고, 골방에서 광장으로, 멀리 중세로도 날아다녔다. 진창과 천상을 오가며 많이 아팠고, 또 힘껏 느꼈다. 허투루 산 시간 없는데 부끄러운 건 피할 수가 없다.

위로를 찾는다.

내 글쓰기를 도와준 건 남편과 딸의 무관심이다. 그로 인해 집중하는 시간이 길어졌다. 아들은 자주 책을 선물하며 응원한다. 덕분에 조금 더 눈길이 넓어졌다. 조용한 가족은 드러내지 않고 나를 밀어준다. 나는 모국어로 웃는다.

도처의 스승은 정신이 번쩍 들게 일깨워준다. 글밭의 오랜 동인은 마중물과 죽비다. 내 거울인 말없는 친구들도 여전하다. 열성으로 에너지를 그리는 자임은 내 오늘의 각별한 에너지원이다. 고맙고 든든하다.

충분한 위로다.

눈 밝은 독자와 도서출판 북인에 감사드린다. 모든 인연이 애틋하다.

계속 운이 좋다. 깊이 절한다.

환한 미소로 마주볼 날을 기다리며

2021년 봄날에

노정숙

차례

제4장 천년 학생

제5장 잡설

제6장 아포리즘

제1장 탐색

일찍이 세상에서 일어났던 가장 치명적인 잘못은

정치학을 도덕학에서 갈라놓은 것이다.

— 셸리

처사, 남명

선생님, 안녕하시지요.

선생님께서 자주 오르시던 지리산은 연두를 거두고 진진 초록으로 물들고 있습니다. 산길 군데군데 돌계단을 두어 걷기 좋은 둘레길을 만들어서 연일 인파로 북적입니다. 지리산은 옆구리를 파헤쳤는데도 여전히 신령스러운 기운을 풍기고 있습니다. 걷다보면 지금도 바위와 나무에 이름을 새기는 변변찮은 사람들이 있습니다. 이런 이들을 보면, 개탄하시는 선생님의 음성이 들리는 듯합니다. 이름이란 스스로 새기지 않아도 행적에 따라 후세 사람들이 기억하는 법인데 말입니다.

졸음을 막기 위해 물을 가득 담아들고 밤을 지새웠던 선생님 모습을 그려봅니다. 밤은 사색의 시간이라 배우는 사람은 잠도 많이 자서는 안 된다고 하셨지요. 저는 정작 공부할 시기에는 그걸 몰랐지만 늦게 세상사가 궁금해서 배울 게 많아졌습니다. 요즈음 밤에 많이 깨어 있던 건 사색이 필요해서였군요.

선생님께서 이론보다 실천을 강조하시며 주자朱子 이후에는 저술을 남길 필요가 없다고 하셨지요. 하지만 저술은 계속 이어져 지금은 책의 홍수 속에 산답니다. 저마다의 주장과 사연이 많아 선택의 어려움이 있기는 해도 호기심 많은 제게는 풍성한 혜택이라고 생각합니다. 학문의 목적은 식견을 높여 어떤 상황에서도 바른 판단을 하기 위한 것이기에 고상한 것만 추구하고 실천하지 않으면 헛것이라고 했습니다. 양반들에게 경만 읽지 말고 몸소 마당을 쓸고 꽃에 물을 주라고 하셨습니다. 머릿속 만리장성보다 발부리에 걸리는 돌멩이 하나 치우는 손이 낫다는 말씀이지요.

선생님은 걸음을 뗄 때마다 치릉치르릉 소리가 나는 쇠방울을 달고 다니셨지요. 허리춤에 차고 다니던 칼에 새긴 '內明者敬 外斷者義'는 안에서 밝히는 것은 경이며 밖에서 결단하는 것은 의라는 말씀이지요. 칼을 찬 선비의 풍모에서 힘이 전해집니다. 걸음마다 울리는 방울 소리에 정신을 깨우고, 공경하는 마음과 의로움을 가지고 살면 화평한 세상은 당연히 오겠지요. 다만 그때나 지금이나 바른 생각과 실행의 거리가 너무 먼 게 문제입니다. 유불선과 주자학을 통달하고서 만든 우리 몸의 지도인 신명사도를 그려 마음 안에서 지킬 것과 마음 밖에서 금할 것을 도표로 가르치셨습니다. 잃어버린 마음을 찾는 일에 주력하신 선생님, 잃어버린 마음이 양심인가요. 마음의 중심, 순정한 첫 마음과 뜨겁던 두 번째 마음을 앞세워봅니다. 애끓는 마음, 한숨과 함께 지그시 눌러야 하는 마음, 시시로 비겁해지는 마음이 바쁘게 수런거립니다.

선생님께서 최고로 꼽은 주자마저 말년에 권신들이 해로운 학문으로 몰아서, 박해를 받고 벼슬에서 쫓겨났습니다. 이런 정치탄압의 시대에서 선생님은 정치에 나서지 않고 초야에서 학문을 닦고 후학을 양성하기로 하셨지요. 그러나 나라가 위기에 처하면 목숨을 건 일갈을 서슴지 않으셨습니다. 임금이 단성 현감으로 부르실 때 벼슬을 사양하면서 올린 상소문은 기가 막힙니다.

관리들의 부패와 무능을 탓하시며 '대비(문정황후)는 신실하고 뜻이 깊다고 하나 깊은 구중궁궐의 한 과부에 불과하고, 전하는 아직 어리고 다만 돌아가신 임금님의 한 고아일 뿐입니다. 백 가지 천 가지로 내리는 하늘의 재앙을 어떻게 감당하며 억만 갈래로 흩어진 민심을 어떻게 수습하시겠습니까? … 오직 전하의 마음 하나에 나라의 존망이 달려 있습니다.'

배짱도 참 좋으십니다. 왕조시대에 이런 말씀을 하시다니요. 더욱이 '물은 백성이며 배는 임금이다' 배는 물을 순행할 때도 있고, 역행할 때도 있지만 언제나 물 위에서의 배이지, 배의 물일 수가 없다는 말씀이지요. 이는 순자荀子의 왕제편 말씀이니 배는 예나 지금이나 이 엄연한 이치를 자주 잊는가봅니다. 임금은 백성을 무서워할 줄 알아야 한다는 「민암부」는 시대를 뛰어넘어 지금도 벅차게 다가옵니다.

선생님의 호 남명南冥은 장자에 나오는 북쪽의 큰 새 붕이 구만리 장천을 날아 도착한 남쪽의 어두운 바다를 뜻하지요. 처사를 자처하는 데 비해 장대합니다. 선생님의 호방함과 어울리지 않는 것은 여성 인권에 대한 생각입니다. 굶어죽을지언정 청상과부가 재가를 해서는 안 된다니요. 여자가 재혼하는 것을 호구지책으로만 보신 건 의외입니다.

그 시대에도 백성은 깨어 있어 두 번의 반정에도 불구하고 한심한 왕조시대를 지나며 갖가지 수모와 고난을 겪었습니다. 시대가 바뀌자 예와 도, 정신을 내려두고 먹고 사는 일에 매진하여 빠르게 풍족해졌습니다. 몇 번의 정권이 바뀌며 기적을 이루기도 했고, 가슴 아픈 일도 있었지만 감격할 일도 많았습니다. 버려두었던 정신을 추슬러야 할 때가 많이 지났습니다. 개화된 세상에서는 여자가 나라를 다스리기도 했지만 민망한 일이 많았습니다. 언제나 배는 순항이라고 하는데 자주 멀미가 납니다.

권력 앞에 굴복하지 않고 임금에게 칼날 같은 직언을 날리던 선생님, 도저한 정신으로 부조리에 야합하지 않고 현실의 모순을 극복하고자 노력하셨지요. 가난한 도덕군자 안회를 흠모하며 곤궁이야말로 자신에게 통달하는 길이라고 설파하셨지만, 만년에 선생님이 친구에게 보낸 편지에서 끼니 걱정과 영양실조, 치아부실을 탄식하고 늦게 얻은 자식이 죽자 애통해하셨지요. 강한 결기는 걸기乞氣를 부르나 봅니다.

마지막 말씀도 '이제는 실천하는 일만 남았다'고 하셨습니다. 선생님이 가신 후, 염려하신 대로 임진왜란이 일어났습니다. 이때 맹렬하게 싸운 곽재우, 정인홍을 비롯한 많은 의병장이 선생님의 제자였습니다. 밥하던 솥을 깨부수고, 타고 왔던 배도 불 지른 뒤에 죽음을 각오하고 출전하여 기어이 섬멸하라는 남명철학, 선생님의 행동정치가 이루어졌습니다.

지금 이곳은 사람이 만든 인공지능이 스스로 학습하며 창의력까지 발휘하는 세상이 되었습니다. 선생님이 깨어 있는 정신을 설하신 지 오백 년이 지났지만, 정치는 예전과 다름없이 혼란스럽습니다. 앞으로 정치도 인공지능 로봇에게 지혜를 구해야 할까요.

산천재에서 바라보는 천왕봉에 운무가 산허리를 어루만집니다. 부드러운 바람이 낡은 처마 아래 풍경을 깨웁니다. 선생님의 방울 소리를 떠올리며 허리를 곧추세웁니다. 온기 없는 로봇보다 변화무쌍한 자연과 살가운 사람에 기대어 살아내야겠지요. 자주 출렁이는 마음을 다잡습니다.

선생님의 우레와 같은 말씀이 그리운 요즘입니다.

도동서원에서 그를 생각하다

낙동강이 내려다보이는 언덕에 자리잡은 서원 입구에서 수령 4백 년의 은행나무를 만난다. 거대한 은행나무는 가지를 옆으로 뻗고 아래로 늘어뜨려 커다란 분재를 보는 듯하다. 쇠하고 처진 몸에 수형을 잡는 철사 대신 군데군데 시멘트 기둥이 떠받치고 있다. 받침기둥의 시기를 놓쳤는지 뻗은 가지 하나가 땅에 박혔다 일어선 것이 보인다. '김굉필나무'라 이름 붙은 이 나무는 그야말로 굉장하다. 이제 올라오는 여린 잎에서도 거친 숨결이 들리는 듯하다.

은행나무는 천심이 내려지는 신목神木이라지만 세월을 이겨내는 건 벅찬가보다. 상처투성이 질긴 생명력에 숙연해지며 5백 년 전 사람, 김굉필을 생각한다.

그는 단종 때 서울에서 태어나서 대구 현풍에서 성장하였다. 호를 스스로 한훤당寒暄堂으로 지어 불렀다. 차고 따뜻한 집이라니 감성과 이성의 결합체란 뜻일까, 차고 따뜻한 일의 반복이 삶이라는 뜻이었을까.

활달했던 그는 『소학』에 빠져 스스로 '소학동자'라 칭했다. 글을 읽어도 아직 천기를 알지 못했는데 소학 속에서 지난 날의 잘못을 깨달았다는 그를 떠올리니, 위로 자라지 않고 옆으로 퍼지는 은행나무의 겸양이 소학동자의 성정 같다. 소학을 통해 일상생활의 범절과 수양을 익힌 그는 나이 서른에 이르러서야 육경을 섭렵하였다.

도동은 성리학의 '도道가 처음으로 동東으로 건너오다'라는 뜻으로 그의 업적과 덕행을 기리기 위해 지은 서원이다. 우리나라의 도학은 학문보다는 인격 수양을, 지식보다는 실천을 강조하는 독창적인 학문이다. 정몽주, 길재, 김숙자, 김종직으로 이어지는 도학을 김굉필이 널리 퍼트렸다.

조카의 왕위를 찬탈한 세조를 비판하는 「조의제문」을 쓴 김종직의 문하라는 이유로 무오사화 때 귀양을 갔다. 그는 형을 감해달라는 상소문을 올리려는 후배를 만류하고 유배지에서도 좌절하지 않고 당당하게 살아낸다. 학문연구와 인재양성에 힘써 영남 사림의 도학을 경기도, 전라도, 평안도 등 전국으로 확대하며 남명 조식과 퇴계 이황에게 도학의 최고 스승으로 존경받았다.

갑자사화가 일어나자 그는 51세의 나이로 극형에 처해졌다. 형장에서 수염을 간추려 입에 머금고, '내 몸의 터럭과 살은 부모에게 받았으니 이 수염은 칼날에 다치게 않게 하시오'라는 말을 남기고 생을 마쳤다.

노방송路傍松

一老蒼髥任路塵 한 늙은이 푸른 수염 날리며 길 먼지에 몸 맡기고
勞勞迎送往來賓 수고하며 오고가는 길손 보내고 맞는다
歲寒與爾同心事 한겨울에 그대와 마음 같이하는 이
經過人中見幾人 지나는 사람 중에 몇몇이나 보았는가

김굉필이 밀양의 길가에 있는 늙은 소나무를 보면서 읊은 시다. 세상풍파를 겪으며 끝까지 자신과 뜻을 함께할 사람이 몇이나 될까, 변치 않을 마음을 가진 이를 헤아리고 있다. 자신의 말년을 예견한 듯 비장하다.

그때나 지금이나 우리는 인연에 얽혀서 산다. 스승 때문에 유배를 가고 결국 참형을 당했지만, 개혁정치가 추진되면서 잘 키워낸 제자들 덕분에 그의 업적이 재평가되어 사후에 영의정의 품계를 받고 자손은 관직에 등용되었다. 정여창, 조광조, 이언적, 이황과 함께 조선의 성리학을 이끈 다섯 명의 대가 — 조선 오현五賢의 으뜸이다.

현자는 모두 어디로 갔을까. 우리는 어디서부터 잘못되었을까. 권력은 어리석음과 깨우침이 커다란 주기로 반복한다. 역사에서 배워야 할 것을 생각한다.

천륜과 인륜이 성가시고 귀찮아졌나, 극악이 무엇인지 보여주는

사건사고들이 넘치는 요즘이다. 인간의 기본 도리가 바르지 않으면 그 위에 품격은 자리할 수가 없다. 그가 무장했던 소학 정신은 맥을 잇지 못하고 무례와 반목이 난무한다. 먹을 것 입을 것 넉넉해진 세상에서 우리의 예절은 더욱 가난해졌다. 넘치는 정보와 빛나는 기술 앞에 사람은 더욱 작아졌다. 인간에게만 주어진 깨끗하고 조촐한 인품과 부끄러움을 아는 마음은 모두 어디로 갔는가. 신목 앞에서 심란한 마음을 풀썩인다.

이옥, 소소한 항명

정조 전하, 저는 이해합니다.

후대 사람들이 저를 두고 문체반정의 희생양이라고 합니다. 전하께서는 그때 유행한 소설체 문풍이 유교의 지배 이념에 배치되며, 백성의 심성을 흐리게 하는 불순한 것으로 여겼습니다. 질서를 세우려는 의지 소명을 위해 일벌백계의 대상이 필요했던 것이지요. 박지원의 문체가 그러하였지만 이미 당대에 알려진 문장가이기에 반성문을 쓰면 벼슬을 준다고 회유를 하셨고, 저는 한미한 일개 유생이니 그 대상으로 맞춤이었지요.

성균관 유생 때부터 제 글을 보시고 불온한 글이니 율격에 맞는 시와 문을 지으라는 숙제를 많이 주셨습니다. 그 후 과거시험에서는 문체를 꾸짖어 충군을 명했습니다. 그때 양반은 군역을 가지 않았으니 엄중한 문책이지요. 충군 중에 별시 초서에 외람되게 수석을 차지했는데 전하께서는 제 책문이 격식에 어긋난다며 꼴찌로 강등했습니다. 제 나이 서른한 살부터 이리저리 충군을 다녔는데, 마흔한 살이 되어서야 사면령이 내려졌습니다. 그 후 저는 과거를 접고, 조용히 고향으로 내려갔습니다.

문체는 사회의 변화에 맞춰서 바뀌는 것이지 문체가 사회를 변화시키거나 선동하는 것이 아닙니다. 고문을 배우던 시간은 허위에 빠질 수밖에 없습니다. 정해놓은 틀에 맞추는 글은 생기가 없습니다. 저는 소소한 이야기, 그 중에서도 아주 미미한 것들 — 살아서 꿈틀거리는 모든 것에 눈길이 갑니다.

술꾼이 술을 마시듯, 악사가 악기를 다루듯, 다른 것을 할 수 없어 씁니다. 지루하고 할 일이 없어서 씁니다. 부득불 손으로 혀를 대신하여 먹 형님, 붓 동생과 함께 말없이 수작을 나누는 일밖에 딱히 할 일이 없습니다.

저자거리에서 떠도는 이야기를 듣고 세세히 기록했습니다. 「심생의 사랑」은 스스로 자신의 짝을 찾은 당당한 처녀의 이야기입니다. 생각이 통하는 사람만 골라 교류하던 기생이 위기에 처한 정인을 위해 목숨까지 내놓는 「의협기생」을 쓰며 저를 비춰보기도 했습니다. 자신의 일에 열과 성을 다하는 평민은 지혜로웠습니다. 칼을 잘 만드는 「벙어리 신씨」의 직관은 놀랍기 그지없습니다. 「이언」 65수는 아예 차별받는 여인의 입장이 되어 시를 지었습니다. 천지만물에 대한 관찰은 사람을 관찰하는 것보다 더 큰 것이 없고, 남녀의 정을 살펴보는 것보다 더 진실된 것이 없습니다.

많은 사람들이 담배를 즐기던 터라 담배의 모든 것에 대해 시시콜콜 썼습니다. 「연경烟經」은 그야말로 담배의 모든 것을 탐구한 경전입니다. 담배를 피우기 적절한 때는 달빛 아래서 피우기 좋고, 눈이 내릴 때 피우기 좋습니다. 비가 내릴 때 피우기 좋고, 꽃 아래에서 피우기 좋습니다. 이밖에도 담배를 금해야 하는 때와 담배가 특히 맛있을 때 등을 세세히 적었습니다.

어느 시대나 "요즘 사람들은 버릇이 없다"고 말합니다. 저도 요즘 사람입니다. 제 스스로 제 시, 제 문장을 짓는데 선진양한先秦兩漢이니, 위진삼당魏晉三唐이 무엇입니까. 저는 굳어 있는 틀에 얽매이지 않겠습니다.

추운 겨울날 냉기 가득한 방에서 추위에 벌벌 떨며 상상합니다. 한양성에 사는 가난한 선비가 사흘 동안 쌀 구경을 못하고 열흘 동안 땔나무를 때지 못하고, 그저 말똥을 때고 쌀겨를 먹을 뿐이며, 깨진 화로에는 불씨조차 없이, 이불도 요도 없이 웅크리고 있는 형상을 그려봅니다. 내가 처한 처지와 그 선비의 처지를 견주어보니 여기는 후끈후끈한 방이요 온돌 위가 아닐 수 없습니다. 제가 이런 생각을 만들어내자 즉시 따사로운 바람이 배 속으로부터 일어나 방 안을 가득 채우는 것이었습니다.

책을 읽으면 무하유지향無何有之鄕에 듭니다. 먹이 누룩이 아니고 책에 술그릇이 담겨 있지 않은데 저는 글에 취합니다. 글을 읽고 또 다시 읽어 사흘 동안 읽었더니 눈에 꽃이 생겨나고 입에서 향기가 풍겨 나와 마음속의 쌓인 때를 씻어내니 정신은 즐겁고, 몸이 편안해집니다. 제 글을 읽은 사람들도 이런 무위자연의 이상향을 느끼기를 바라는 마음을 감히 품어봅니다.

조정의 이해관계, 지방관의 우열장단, 관직과 재물, 여색과 주식酒食은 제가 배우지 않았고 동하지 않으니 쓸 수 없고 하는 수 없이 새를 말하고, 물고기를 말하고, 짐승을 말하고, 벌레를 말하고, 꽃을 말하고, 곡식을 말하고, 과일을 말하고, 나무를 말하는 것 외에는 방도가 없습니다.

제가 사물이나 사람, 시장 풍경을 쓰면서 나열과 반복이 많은 것은 하나하나 소중하게 다가오며 제각각의 애틋한 숨결이 전해오는 까닭입니다.

갑진년 섣달그믐에 시신詩神에게 제문을 지었습니다. 경서를 술인 양 탐닉하고, 서책을 여자인 양 빠진다 해도 눈과 귀가 놓친 것을 손으로 베껴 공부해도 나를 박학하다고 칭찬하는 이 하나 없습니다. 꽃 피는 아침, 달 뜨는 저녁에 열린 시회나 유람하는 모임에서 산문을 짓고 율격을 넣어 시를 지으니, 크게 애쓰지 않는 사이에도 그 수량이 많아졌습니다. 당시풍이나 두보풍도 아니고, 소식풍도 아니었습니다. 가까운 친구 두엇이 분에 넘치게 칭찬했으나 나무라는 이가 더 많았습니다. 붓꽃을 안주 삼아 들고 벼루샘물을 술 삼아 길어 올리니, 마음의 향기 한 글자가 실낱같이 가늘고 희게 타오릅니다. 신께 와서 흠향하시라 하였습니다.

전하께서 없애라고 하셨다지만, 돌아가신 후에 공개된 어찰첩을 보니, 우리말을 편안하게 구사하고 의성어와 속어, 속담, 비속어까지 쓰셨더군요. 불경스럽고 괴이하다고 낙인찍었던 그 문체로 말입니다. 전하께서도 중국의 고문으로는 우리의 감정을 제대로 표현하지 못한다는 것을 아신 것이지요. 개혁군주로서의 면모 이면에 인간적인 성품을 만나며 깊이 고개를 숙입니다.

전하, 저는 다만 씁니다.

나, 이용휴

나는 1708년에 태어나 75년 동안 이 땅에서 살고 간 혜환 이용휴다.

내게 문학은 경세의 도리와 학문의 이치를 담는 도구가 아니라, 내 존재를 발견하고 세상을 이해하고 반영하는 창이다. 내가 살아온 시대에는 군자불기君子不器라 하여 사대부는 전공을 가지고 몰두하는 것을 금기시했지만 나는 오직 문장가의 길을 걷겠노라고 천명했다. 이런 나를 기이하고 괴상하다며 주자학자 심낙수는 내 글이 '간사하고 방종하다'고 혹평을 하고 정약용은 나를 '재야문형在野文衡'으로 칭했다. 어쨌거나 나는 재야에서 30여 년 동안 문단의 저울대가 되었다.

산문에서 어조사를 쓰지 않고 시에서는 형식과 격식을 버리고 더 자유롭게 썼다. 누구나 할 수 있는 생각은 작품에 담지 않으려 노력하고, 통념에 균열을 일으키고자 했다.

어느 날 '내 집에 세 들어 사는 나'를 발견했다. 나는 왜 남을 따라만 하고 스스로 주인이 되지 못하고 심할 때는 말하고 웃는 것, 표정까지도 남의 노리갯감으로 바치고 있는지. 정신과 땀구멍과 뼈마디 하나도 내게 속한 것이 없게 느껴지니 부끄러웠다. 나라고 믿는 것이 내가 아닐 수도 있으며 자신이 모른 채 남들에 기대 한평생을 살 수도 있다. 나의 근본인 천륜을 즐거워하며 내 일에 힘을 쓰는 것이 나다운 삶이다.

나다운 삶을 필생의 목표로 삼았는데 내가 쓴 글에 편지글과 축문, 송서, 기문이 많은 걸 보니 문학의 인연으로 모든 관계가 이루어지고 있다. 남에게 의례적으로 써주는 축문이나 기문에서 과하지 않으려고 나를 단속한다. 누가 보아도 시대의 흐름을 읽어내며 그 사람의 본모습을 그릴 수 있도록 했다.

세상 언저리를 서성거리다 떠난 일가 정수 노인의 제문이다.

'그대는 세상에 있을 때도 세상을 싫어했지요. 이제 돌아가는 곳은 먹을거리와 입을거리를 마련할 일도 없고 … 세상의 차디찬 인심이나 옳고 그르다 따질 소리도 없을 것입니다. 다만 맑은 바람과 밝은 달빛, 들꽃과 산새만이 있을 터이니 이제부터 항상 한가로울 수 있겠습니다. 그대가 이 말씀을 들으신다면 내 마음을 아는구나, 하며 고개를 끄덕이시겠지요. 흠향하시옵소서.'

내 주위에는 어찌 그리 가난하고, 높은 기개에 대책 없이 애틋한 사람이 많은지. 나는 그들의 모습을 수식 없이 쓴다. 상투적인 칭송으로 죽은 자의 귀를 번거롭게 해서는 안 된다. 장수를 빌어야 하는 수서壽序를 쓸 때도 나무와 돌, 물고기에게도 허락한 장수를 오직 사람에게만 쉽사리 허락하지 않은 까닭은 밝힌다. 육신이 쇠퇴하면 의식이 어두워지기 십상이라 일을 망치고 덕을 그르치는 경우가 있기 때문이다. 마땅히 맞이할 죽음을 슬픔과 절망으로 인식하지 않고, 해학으로 푸는 게 좋다.

나는 살아 있는 벗을 위한 묘지명을 쓰기도 했다. 나이 스물둘에 진사가 된 허필(허연객)은 집안을 돌보는 일은 아내와 아들에게 맡기고 세상물정 모르고 살았는데, 자신이 죽었을 때 아들의 번거로움을 덜어주기 위해 생지명을 부탁한 것이다. '내 연객에게 고하니 달관한 듯 달관하지 못하여, 아직도 아는 것으로부터 자유롭지 못했소. 먼 과거로부터 현재까지가 자네의 나이요, 아름다운 산과 물이 그대의 거처요, 빠지지 않은 치아와 머리털이 그대의 권속이요, 애환과 행불행이 그대의 이력이다.' 시류에 따르지 않는 내 글은 외롭기도 했다.

나는 일찍이 『본초』를 읽어서 풀에 대한 웬만한 지식은 갖췄다고 생각했다. 시골길을 가다가 초오라는 독초를 시골 아낙에서 물어서 알았다. 묻지 않고 캐서 먹었더라면 어찌 되었겠는가. 그 일이 있고서 「호문설好問說」을 지었다. 순임금은 묻기를 좋아했고, 공자도 예와 관직에 대해서 물었다. 이치로만 알던 지식은 산지식이 되지 못한다. 대강 알고 있던 것이나 의심나는 것은 물어서 명백하게 밝혀야 한다. 스스로 지혜롭다고 생각하는 사람들은 묻는 것을 부끄럽게 여겨 소리시늉에 갇혀 살다 죽는다.

경희궁에 있는 전각에 '일신헌명日新軒銘'을 써서 상감께 바쳤다. 아침에는 읽고 낮에는 강론하며 밤이면 생각하여, 옛것을 익히고 새 것을 알아야 할 것이며 과실이 있으면 고치고 의로우면 행해야 한다. 사납고 어리석은 사람들을 다스리기 어려운 것이 아니고 교양 있는 사람들 다스리기가 더 어렵다. 그들은 어떤 상황이든 성인의 경전이나 법전을 들먹여 딴죽을 걸기 때문이다. 지식인은 교활해지기 쉽고 점잖은 척 포장하기도 쉬우니, 이들을 다루려면 임금은 허투루 보내는 시간이 없어야 한다.

손자에게 이른다. 만족할 줄 아는 자는 하늘이 가난하게 할 수 없고, 구하는 것이 없는 자는 하늘이 천하게 할 수 없다. 시름과 고통은 참기 쉽고, 기쁨과 즐거움을 참기는 어렵다. 노여움과 분노는 참기 쉽고 좋아함과 웃음을 참기는 어렵다. 천하게 착한 일을 하는 것보다 더 쉬운 것이 없고 착하지 않은 일을 하는 것보다 더 어려운 것이 없다. 옛 사람에게 양보하면 의지가 없는 것이고, 지금 사람에게 양보하지 않으면 아량이 없는 것이다. 과거에 합격하는 것은 사람의 지기志氣를 길러주기도 하지만 선한 바탕을 없앨 수도 있다. 늘 경계하며 스스로 반성하고 스스로 송사해야 한다.

한여름에 연담 김명국의 수묵산수도를 펼쳤더니 온 집안이 서늘해져서 솜옷이라도 둘러야 할 듯한 착각을 일으킬 정도다. 그림 잘 그리는 것으로는 이허주가 뛰어나지만 정밀함은 지나치고 환화幻

化는 부족하다. 우주만물의 변화와 소통하는 것은 기능의 연마로는 닿을 수 없고, 정도와 정격을 넘어서야만 열리는 경지라야 가능하다.

입만 열면『시경』과『서경』을 인용하던 맹자가 "서경을 다 믿는다면 서경이 없는 것만 못하다"고 한 뜻을 새긴다. 기록에 남은 일이라도 오류와 한계까지 읽을 수 있어야 올바른 읽기라고 할 수 있다. 사실로 믿어지지 않는 괴이한 내용의 책 여럿에 발문을 썼다. 기이한 일들을 세상의 상식으로 묶고 가두어서 엉터리라고 치부할 일은 아니다. 기발한 생각에는 벽이 없다. 벽을 뛰어넘어야 나만의 문장에 이른다.

문장을 배우는 것은 등산하는 것과 같아서 무한히 험한 길과 지름길을 다 밟아본 뒤에야 산 정상에 이를 수 있다. 나는 이것을 깨우치는 데 30년 걸렸다. 비로소 내 목소리내기의 엄격한 잣대를 가졌다.

나는 이곳에서도 새뜻한 생각에 웃고 진부한 문장에 운다.

노먼 베쑨을 만나다

— 가상 인터뷰

노 : 안녕하세요. 한국에서 수필을 쓰는 노정숙입니다. 테드 알렌이 쓴『닥터 노먼 베쑨』을 읽고 선생님을 알게 되었습니다. 이 땅에서 열렬하게 살다가신 선생님을 뵙게 되어 기쁩니다. 지금 계신 곳은 어떠신지요.

노먼 베쑨 : 반가워요. 난 지구별에서 의사로 살다 1939년에 떠났는데, 이곳도 아픈 사람 투성이네요. 바삐 사는 게 팔자인지 여기서도 가만있으면 될 것을 저 아랫동네 환자들 아우성에 눈썹을 휘날리며 오가고 있네요.

노 : 선생님께서는 전쟁터에서 '부상병들이 찾아오기를 기다리지 말고 먼저 그들을 찾아가시오'라고 하셨습니다. 여전하시네요. 돌아가실 때도 더 많은 환자를 돕지 못한 것을 아쉬워하셨잖아요. 선생님 출생과 가족에 대해서 말씀해주세요.

노먼 베쑨 : 어릴 때는 호기심 때문에 사고도 많이 쳤지만, 철들고

는 스스로 학비를 벌어서 대학을 다녔지요. 어머니로부터 복음주의자적인 기질을 물려받았고, 목사였던 아버지에게는 행동파적 기질을 물려받았어요. 할아버지 이름도 노먼 베쑨인데 유명한 외과의사였고, 고향인 캐나다에 의학학교를 세웠지요. 할아버지는 부자보다 돈이 없는 사람을 더 소중하게 여기셔서 부자들에게 원한을 사서 자주 이사를 했어요.

노 : 좋은 인성을 물려받으셨네요. 본인의 성격은 어떤가요.

노먼 베쑨 : 생각과 동시에 몸이 나가는 '성질'이란 고질병이 있어요. 급한 성질 때문에 낭패본 일이 많죠. 한 여자와 결혼을 두 번 하고 이혼도 두 번 했지요. 첫 번 이혼은 내가 폐결핵에 걸려서 이혼을 결정했어요. 결핵요양원에서 당시 시험적이었던 수술을 하고 완쾌되었어요. 그래서 다시 청혼을 하고 결혼을 했지요. 두 번째 이혼은 아내가 내 급한 성질에 동조하지 못하고 다른 남자에게 희망을 걸게 된 거죠. 아내는 나와 달리 몸을 던지는 모험을 싫어하네요. 여성들은 너무 오랫동안 신화 속에 갇혀 있어요. 자신이 스스로 인간적인 삶을 만들 생각을 안 하는 것 같아요. 아내의 요구대로 이혼은 했지만 내 사랑은 오직 그녀뿐입니다.

노 : 그러게요. 요양원에 들어갈 때 성급하셨네요. 그 시절에는 폐결핵이 불치병이었지요. 결핵요양원에서 잡지에 난 '기흉치료법'을 보면서 성공 확신이 있었는지요. 또 수술에 성공하고 난 후 달라진 건 무엇인가요.

노먼 베쑨 : 확신이라뇨. 난 행동주의자예요. 모험에 성공한 거죠. 이때 내가 환자가 되면서 환자가 얼마나 배려받지 못한 상태로 치료를 받고 있는지에 대해 알게 되었지요. 그때부터 난 환자를 단순한 유기체가 아닌 한 인간으로 대하겠노라 다짐했지요. 그래서 지금까지 사용했던 치료기구들을 환자의 입장에서 덜 아프도록 연구하고, 직접 만들기도 했죠. 그런데 결핵환자 하나를 고쳐놓으면 가난이 환자 열을 만들더군요. 결핵이 가난에서 오는 병이라는 걸 알게 되고 사회현상에 눈을 뜨기 시작했지요. 사회주의 나라에서는 이미 실행하고 있는 의료보호 혜택이 필요하다는 걸 정부부서에 강력하게 외쳤지요. 그래서 국민의료보험을 만드는 기초가 되었어요.

노 : 선생님은 파시즘과 나치즘에 반대하며 스페인 내전에 원조의료대로 활동하고 돌아와 다시 중일전쟁이 일고 있는 중국으로 갔지요. 그곳에서도 전투지역에 더 가까이 가서 환자를 돌보기 위해 위험을 감수했는데 무엇이 그렇게 절박했나요.

노먼 베쑨 : 그건 자유에 대한 투쟁이죠. 언제 어디서나 모든 인간이 인간다운 대접을 받고 살아야 한다는 게 내 생각이에요. 스페인에서는 이동수혈차를 만들어 전장까지 갔었어요. 그건 지금도 유용하게 쓰고 있을 겁니다. 부상병을 치료할 때는 시간이 매우 중요해요. 현장에서 치료하면 사상자를 75%까지 구할 수 있거든요.

노 : 중국 전장에서 임시치료소로 쓰고 있는 절 마당에서 꽃을 보며 쓴 일기는 문학적 수사가 빛납니다. 자화상을 비롯한 수술도구 그

림도 예사롭지 않고요. 선생님은 예술가적 재능도 많으세요. 어떤 일을 할 때 가장 행복했는지 궁금합니다.

노먼 베쑨 : 아내의 도움으로 일찍 개업해서 돈도 많이 벌고 명성도 얻었지요. 사랑도 사치도 마음껏 해봤어요. 쾌락은 찰나죠. 일과를 끝내고 고단한 몸으로 타자기 앞에 앉았을 때 행복했어요. 나를 필요로 하는 사람들에게 화답하고 있는 그 시간이 깨어있는 시간이지요. 전쟁을 가까이 겪으며 폭격과 살인을 묘사할 수도 있었지만 그것만으로 충분할 것 같지가 않았어요. 오직 예술만이 죽음의 공포와 경험을 전달할 수 있을 것 같았어요. 진정한 예술가는 자신을 해방시키지요. 기질대로 자연스럽게 행동하며 내심의 소리에 귀를 기울이는 시간이 있어야 자신을 지킬 수 있어요. 예술가의 기능은 현상을 뛰어넘는 것이잖아요.

노 : 선생님 말씀을 들으니 의술도 예술의 경지로 느껴집니다. 후대를 사는 의사들에게 한 말씀해주시기 바랍니다.

노먼 베쑨 : 의사는 고수입 장사꾼이 아닙니다. 돈을 못 낸다고 치료를 거부하는 행위는 없어야 해요. 우리 의사들은 수도승과 같아야 하죠. 헐벗은 옷차림에 샌들을 신고 이리저리 배회하는 수도승 같아야 한단 말이지요. 의사의 목적은 인체를 보호하고 소생시키는 신성한 일이니까요. 전쟁터에서는 나 같은 의사를 기관단총처럼 써먹어야 하죠. 신성한 목적에 맞게 순간순간 치열해야 해요.

노 : 의사의 소명이 아무리 높다고 해도 선생님처럼 자신의 몸은 안

돌보고 40시간을 쉬지 않고 71건의 수술을 하는 일은 심한 것 아닌가요. 결국 피로 누적으로 치아가 나빠지고 빈혈이 오고 오른쪽 귀 청력을 잃고, 왼쪽 귀 청력도 나빠지지 않았나요.

노먼 베쑨 : 네, 맞아요. 내 돌직구 성질이 명을 재촉했죠. 그래서 나는 40대에 이미 70살 같은 몰골이 되었지요. 그렇잖아도 10월에는 부족한 의료장비와 약품 조달을 위해 귀국하기로 했는데, 일본군이 갑자기 큰 규모로 공격을 해오는 바람에 차마 떠나질 못했지요. 전선에서 고무장갑도 없이 부상병 수술을 하느라 손가락을 벤 것이 사달이었지요. 결국 패혈증으로 11월 13일 중국전선에서 눈을 감았죠. 49년 짧은 내 생을 이렇게 기억해주니 뿌듯합니다.

노 : 선생님 생은 짧았지만 큰 울림으로 남아 있습니다. 중국인들에게 선생님은 근대 중국 역사에서 칭송하는 세 인물 중 한 분이라고 합니다. 선생님의 뜻을 이어받아 지린성에 '노먼 베쑨 의과대학'이 세워졌고, 스좌장에도 선생님 이름의 병원이 세 곳 있답니다. 선생님의 개척정신을 이어받아 제2, 제3의 닥터 노먼 베쑨이 지구별 곳곳에서 땀을 흘리고 있으리라 믿습니다. 선생님의 앞선 생각과 행동을 우러릅니다. 저도 제 '성질'을 잘 다스리며 눈길을 멀리 두겠습니다. 고맙습니다.

나는 한 마리 개였다

이탁오 선생님 인사드립니다.

'나이 오십 전까지 앞에 있는 개가 자기 그림자를 보고 짖으면 따라서 짖는 한 마리 개에 불과했다'는 선생님 말씀은 머리에 쿵, 도끼를 맞은 듯했습니다. 육십을 넘기고도 내 색깔 없이 그런 개처럼 살고 있는 제 정신을 깨우기 위해 선생님의 책들을 찾아봤습니다.

『분서 Ⅰ』은 선생님이 지인들에게 보낸 편지의 답신과 잡술로 이루어졌습니다. 강학이 서신교류로 내밀하게 다져진 듯합니다. 상대의 사상을 칭찬하며 경계할 것을 짚어주고 나아갈 바를 이르는 말씀이 엄하면서도 따사롭습니다.

선생님은 어릴 때부터 극심한 가난 속에서 살아야 했고, 말단 관리생활에서 뇌물이나 청탁을 거부하였기 때문에 가난을 벗어날 수 없었지요. 슬하에 7남매를 두었지만 딸 하나만 남았습니다. 식솔들의 호구를 위해 관직에 계시면서도 곤궁했습니다. 더욱이 둘째 딸과 셋째 딸은 먹을 것이 없어 굶어죽는 비통을 겪으셨습니다. 차근차근 오른 4품 지부 자리는 그야말로 편안한 앞날을 보장하는데, 54세에 관직을 그만두고 빈천할지라도 뜻대로 살기로 작정하셨습니다. 그 무렵에 하신 '가난한 자가 천하게 살기는 쉬워도 부유한 자가 고귀하기는 어려운 법이다' 의미심장한 말씀을 새깁니다.

『분서 II』는 책 앞 쪽에 주희와 도연명, 두 어른의 초상이 있습니다. 이학의 집대성자인 주희를 자유로운 사고를 옥죄는 교조주의로 변절되었다고 호되게 비판했습니다. 반면에 명리를 버리고 전원에 은거하는 삶을 노래한 도연명을 칭송하시네요.

〈골동품 앞에 앉은 미인〉이란 제목의 풍속도를 보니 반가운 마음이 듭니다. 전형적인 사대부 집안의 여인으로 단아하면서도 화려한 치장이 돋보입니다. 선생님께서는 일찍이 봉건적 가부장제도 아래서 한계를 뛰어넘는 여성을 찬양했습니다. 그 가운데 몇몇은 제자로 받아들여 그들과 더불어 도를 논하기도 하셨지요. 당시로서는 파격적인 일이라서 선생님께서 곤욕을 치르셨지요. 선생님과 함께 시대를 앞서가던 멋진 여성들을 기립니다.

명대 말기는 유불도의 경계가 무너지고 삼교 사이에 교류가 활발하게 이루어졌지요. 선생님께서는 그 종지가 동일하다고 주장하셨습니다.

선생님 73세에 이탈리아 선교사인 마테오 리치를 만나면서 중국의 지배적 위치를 차지하고 있는 공자의 가르침이 서방 문화와 차이가 크다는 것을 느끼셨지요. 유가문화의 폐단을 비판하고 인간 중심의 지식과 실학을 펼쳤습니다. 독서와 견문으로 쌓은 지식과 선입견보다 맑고 깨끗한 아동의 마음을 높은 가치로 여긴, 동심설을 설파하셨지요. 새로운 것을 의심 없이 받아들이는 순수한 마음 말입니다.

『속 분서』에서는 선생님의 유서가 구체적이라서 시공을 초월하는 서늘함을 느꼈습니다. "죽은 뒤에 성 밖 높은 언덕에 남향으로 구덩이를 하나 파라, 두 자 다섯 치 길이로 파서 갈대 자리 다섯 장을 펼쳐라. … 아직 땅속으로 들어가지 않았을 때는 내 체백을 잠시 널 위에 놓아두거라. 입던 옷을 그대로 모셔둬야지 새 옷 따위로 갈아입혀 내 체백을 불안하게 만들면 아니 되느니, 다만 얼굴에는 가리개 한 장을 씌우고 머리는 늘 하던 대로 베개를 받치거라. … 내가 그곳에서 마음이 편하면 그곳이 낙토가 된다. 너무 속된 티가 나지 않게 할 것이며, 남들의 말에 흔들려서 보기 좋게 하는 데 급급하여 나의 본심을 해치는 경우가 없도록 해야 한다." 이어서 선생님은 비문과 무덤을 돌보는 일까지 세세히 남기셨습니다. 빌려온 널을 제자리에 갖다주라는 말씀을 읽으며 선생님의 완벽주의를 짐작했지요. 사후의 일을 그림 그리듯 이르신 선견지명이 놀라웠습니다.

『이탁오 평전』에는 선생님의 기백이 8대 조상으로부터 연유했음을 짐작하게 하고 76세, 옥중에서 자결로 생을 마치는 과정까지를 세세히 전합니다. 뿐만 아니라 그 시대에 황제부터 말단관료들에 이르기까지 얼마나 부패하고 무능했는지, 그 지배사상이 얼마나 무기력하면서도 잔혹했는지 명나라가 망할 수밖에 없었던 시대적 배경도 소개합니다.

자리를 바꾼 그 세상에서는 선생님 마음껏 새로운 사상을 펼치고 계시는지요. 이곳은 400년 전 그때나 지금이나 여전히 두 걸음 앞선 생각을 가진 사람은 '이단'으로 몰린답니다. 그러나 선생님은 스스로 이단을 즐기신 듯 여겨집니다. 62세에 처음 이단으로 몰리자 머리를 삭발하고 불교에 심취하셨지요. 최상의 법도는 인위적 조치가 없고, 최상의 통치는 소리가 없으며, 최상의 교육은 말이 없음을 신조로 삼으셨는데 그 이상은 지금도 이상으로 남아 있습니다.

선생님은 말년에 병중에서도 '역인' 수정 작업을 밤낮으로 하다 병세가 심해졌는데 "나는 '구정역인'만 완성할 수 있다면 죽어도 여한이 없다"고 하셨지요. 손에서 책을 놓지 않고 붓을 멈추는 일 없이 생을 마칠 때까지 엄청난 저작을 남겼습니다. 선생님은 선구적 사상을 바탕으로 읽기와 쓰기가 동시에 맹렬하게 이루어진 셈입니다.

제가 읽은 선생님에 관한 몇 권의 책은 무기가 될 만한 두께이며, 400여 년 시차에도 불구하고 지금의 가치와 도덕에 걸맞습니다. 원문이 함께 있지만 저는 한문 지식이 짧아서 풀어놓은 글에만 열중했습니다. "내 책을 불태워라!" 당당히 이르셨지만, 어느 곳에서도 태워버려야 할 불온한 기미를 찾지 못했습니다. 오히려 오래오래 남아 후세의 정신을 일깨우리라는 역설이지요. 기존질서의 주를 이루던 공맹孔孟을 반대하는 것이 아니라 공맹을 가로지르며 노장老莊을 아우르는 사상이라는 생각이 들었습니다. 제가 느낀 것은 장님이 코끼리를 만지며 말하는 단면일 수도 있습니다.

이탁오 선생님, 군주의 말이 곧 법이던 시대에 법률은 큰 틀만 마련하고 예제는 인정에 따르는 것이 옳다고 하셨으니 그것이 이단일 수도 있었겠습니다. 지금은 오히려 인정에 갈래가 많아 어지럽습니다. 두 걸음 빠른 사람을 알아보는 혜안이 필요합니다. 헉헉대며 발맞추어 걷다보면 어느덧 어깨를 나란히 하겠지요. 이단의 핍박을 의연히 받아넘긴 선생님의 배짱과 고집을 우러릅니다.

자신의 생각대로 살지 못하는 삶이 개 같은 삶이라고 하셨지만 저는 아직 제 삶을 제대로 살고 있는지 자신이 서지 않습니다. 밀어주고 끌어줄 가족과 스승 같은 친구가 있고, 친구 같은 스승도 있는데 자주 허허롭습니다. 일찍이 배고픔의 설움도 모르고, 밥벌이의 수모도 겪어보지 않아서인가요. 독서는 즐기지만 연신 고개를 끄덕이며 반론을 펴지 못하니 제 저작의 양식이 되지 못했나 봅니다. 이래저래 저는 머리 숙일 일만 남았습니다.

선생님께 마음을 다해 사배四拜를 올립니다.

봄날, 독백

아빠가

똥을

피하여 가는 것은

무서워서 그런 것이

결코 아니라고 해도

막내는

자꾸

똥을 치우고 가자고

조른다

— 배상환의 「똥」 전문

읽으며 씨익 웃었는데 뒤통수가 당긴다. 나이를 먹는다는 것이 이렇듯 자기합리화에 능해지고 게을러지는 게 아닌가 하는 생각이

든다.

미국에서 시외삼촌이 왔다. 어머니의 막내 동생이다. 눈 밑 주름 수술을 해야 하는데 좋은 병원을 소개해달라신다. 그리고 수술 후 우리 집에 와서 어른들과 함께 회복기를 지내겠다고 한다. 위험한 수술이 아니니 아무 병원이나 가도 된다고 했다.

한참 있다가 수술하고 반창고 붙인 상태로 우리 집에 왔다. 내가 오라고 안 해서 다른 형제네 집 가까운 곳에서 수술을 했다고.

미안하다. 예전엔 힘들고 불편한 걸 많이 감수했는데…. 에이, 모르겠다.

취해서 비틀거리며 골목길을 걸어들어가는데 개 한 마리가 짖는 것을 보았다. 나는 그때 내 혼이 몸에서 빠져 나가 3m 정도 저 앞에 떨어진 것을 분명히 느꼈다. 그리고 개가 왼쪽 다리를 무는 것을 보았다. 재미있게 느껴져서 내 몸에게 이렇게 물었다.

"아파? 아파?"

— 자핑아오「술 마시는 사람」중에서

어느 정도 취해야 이런 지경까지 가는 걸까. 이건 흔히 겪는 필름이 끊어지는 정도가 아니라 유체이탈 수준이다. 자신의 혼이 빠져나가 허우적대는 육신에 거리를 두고 바라보는.

가끔 흠뻑 취하고 싶을 때가 있다. 술자리에 가면 취기에 빠지기도 전에 배가 불러서 더 이상 못 마신다. 어느 정도 되면 몸으로 흡수하는 것이 아니라 밖으로 밀어내는 느낌이 온다. 이것이 문제다. 그러고 보면 술보다 다른 것으로 취하는 게 빠를 것 같다.

'중국문단의 고독한 협객'이라는 자핑아오의 수필을 읽다보면 사회와 인생을 독특하게 고찰하는 새로운 시선이 있다. 자핑아오에 취해서 비실비실 웃음이 새어나온다.

> 암의 희생자들은 자동차의 저속기어 같은 사람들, 즉 좀처럼 감정을 분출하지 않아 고통받은 사람들이다. 그런 사람들은 어릴 때부터 부모와 격리감을 갖고 있다.
>
> — 수전 손택 『은유로서의 질병』 중에서

"화 내, 엄마한테 막 화 내."

아들한테 가끔 하는 말이다. 서른 해 넘도록 화내는 것을 본 적이 없다. 부르르 화를 잘 내는 아빠, 끝까지 들어보지도 않고 버럭, 소리부터 지르는 엄마 때문에 주눅이 들었나.

나는 이런 책을 읽기 전부터도 화는 참으면 병이 된다고 생각했다. 생전에 우리 엄마의 부처님 같은 처사가 아무래도 미심쩍은 때가 많았다. 꼭 화를 내야 하는 대목에서도 엄마는 늘 선웃음을 지으며 상대의 입장에 서 있었다. 무슨 사람이 그래, 그냥 사람다워야지. 엄마, 정말로 화가 안 나? 이렇게 물은 적이 많으니까. 돌아가실 때조차도 가족 배려하느라 앓지도 못하고 재깍 가셨잖은가. 그러나 엄마는 암으로 세상을 뜨지는 않았다.

아무래도 외할머니의 DNA가 격세유전 되었나보다. 아들이 '점잖은' 것보다 그냥 '젊게' 살았으면 좋겠다. 겸손하지만 화를 내야 할 때는 단호하게 화를 낼 줄 알고, 조금 푼푼하고, 많이 즐겁게 살았으면 좋겠다.

제2장 해방구

중요한 일을 하는 사람의 삶은 단순하다.

쓸데없는 일을 생각할 겨를이 없기 때문이다.

— 톨스토이

열반지에서

열반지에 가는 길은 멀고도 험했다.

인천에서 홍콩을 거쳐 뉴델리로, 뉴델리에서 하루를 어정거리고 콜카타로 날아갔다. 콜카타에서 한없이 연착되는 기차를 타고 부처님의 득도지인 보드가야를 돌아보고, 흙먼지 날리는 버스를 타고 터만 남은 나란다 대승불교대학을 지나, 죽림정사와 영취산을 돌아 쿠시나가르에 닿았다.

부처님의 행적을 더듬으며 열반지에 다다르니 그동안 다닌 곳 중에 가장 소박하다. 가난하고 한적한 시골마을에서 열반하신 뜻은 보이는 겉모습에 얽매이지 말라는 가르침이라고 한다.

상아빛 둥근 모양의 열반당과 뒤편에 대열반탑이 있다. 열반당에 모셔져 있는 열반상은 히라냐바티 강바닥에서 발견된 것을 복원한 것이다. 미얀마 불자들이 금칠을 했고 그들이 관리하고 있다. 오른손을 얼굴에 대고 모로 누운 몸에는 노란 빛깔 사리가 덮여 있다. 열반하신 부처님의 발을 만지려면 1달러를 내야 한다.

옆으로 모은 두 발 아래에는 각국의 지폐와 동전이 쌓여 있다. 머리를 숙이고 부처님 발바닥을 만진다. 거대한 발바닥은 미동도 없고 내 손에 금박이 잔뜩 묻어왔다. 이 금빛을 보니 모든 걸 태우는 불꽃 심지가 떠오른다. 수행이 높은 스님들이 앉아서 입적하는 좌탈이나 서서 입적하는 입탈에 대한 글을 읽을 때는 감히 접할 수 없는 경지라서인지 불편했는데, 부처님의 열반 모습을 보니 마음이 편안해진다.

열반상 옆에 세 사람이 조각되어 있다. 등을 곧게 세우고 앉아 수행에 든 모습, 이별 앞에서 슬픔을 참느라 고뇌에 찬 모습, 애통의 눈물을 흘리는 모습이다. 피할 수 없는 죽음 앞에서 행하는 우리의 모습이다. 각기 다른 세 사람이 아니라 한 사람이 슬픔을 추스르는 과정이 아닐까 하는 생각이 들었다.

사회적 충격을 주는 돌연한 죽음 앞에서 열반경을 떠올린다. '만약 죄를 지었으면 감추지 말아야 한다. 감추지 않으면 죄가 가벼워지고 부끄러움을 느끼면 그 죄악 자체가 소멸돼버리고 만다'고 한 걸 보면 그때도 죄를 숨기고자 행하는 죽음이 있었는지…. 늙음과 병듦, 죽음이 세상에 보낸 세 명의 천사라는 걸 언제쯤 깨닫게 될까. 늙고 병들기 전에 맞닥뜨리는 죽음은 황망하다.

부끄러움을 아는 것은 존재의 자각이다. 우리 마음 안에 있는 선과 악이 늘 줄다리기를 한다. 모든 중생 중에 인간은 유일하게 육신보다 감정을 앞에 두고 산다. 육신이 배와 같고 감정은 물과 같아서 출렁이는 물길로 멀쩡한 배를 가라앉히고 뒤집는 일이 종종 일어난다.

부처님의 득도지인 보드가야에서는 신발을 맡기고 맨발로 걷는다. 흙과 대리석에 닿는 촉감이 시원하다. 여러 나라 사람들이 오체투지를 하고, 명상에 잠겨 있다. 하늘을 찌르는 대탑보다 사람 물결에 눈길이 간다. 주황색, 흰색, 붉은색 가사를 입은 스님들끼리 모여 종을 치며 게송을 읊는다. 사리로 둘둘 감은 여자들도 연신 손을 모은다. 작고 작은 나를 바로 알게 해주십사고 나도 손을 모은다. 관념으로만 맴도는 무념무상, 모은 손이 민망하다.

성스러운 곳 여기저기 개들이 누워 있어도 아무도 귀찮게 하지 않는다. 모든 숨탄것들을 중생이라 이르며 같은 값으로 여기기 때문일까. 발복을 비는 건지, 속죄를 바라는지 무언가를 빌고 또 비는 사람들 사이에서 가장 편안해 보이는 건 견공들이다.

득도를 하거나 하지 못하거나 죽음은 탄생과 함께 예정되어 있다. 나는 '죽음이 있어 얼마나 다행인가' 이런 건방진 말을 함부로 하던 때가 있었다. 젊음을 누리지 못하고 팍팍하게 여기던 때는 예정된 죽음이 일말의 위로가 되기도 했다. 태어남이 공평하지 않듯, 언제 어떻게 떠날지 모르는 죽음도 공평하지는 않다. 우리의 삶은 질과 양이 비례하지 않는다. 어쩌다 드물게 자신이 죽는 날을 예견한 사람을 보면 경외감을 느낀다.

사람이 죽는다고 아주 없어지는 것이 아니고, 매미가 허물을 벗듯

이승의 낡은 옷을 벗고 새로운 옷으로 갈아입는다고 한다. 이승에서 살아온 모습의 업에 따라 어떤 옷을 입을지가 결정된다고 하니 여전히 삶은 녹록지 않다.

부처님은 원인 없는 결과가 없으니 게으름 피우지 말고 정진하라고 하셨지만, 살다보니 노력보다 어떤 거대한 힘이 함께해야 무엇이든 이룰 수 있다는 생각이 든다. 7년 전 두 번째 인도여행도 내겐 우연한 행운이었다. 바이러스의 창궐로 세계의 문이 닫힌 지금은 다음 인도여행이 언제가 될지 모르지만 자비와 은총이 함께해야 가능하다.

고뇌와 번뇌에서 해방이라니 어림없다. 번뇌와 고뇌를 지렛대 삼아 겨우겨우 앞으로 나아간다. 애쓰지 않아도 살아 있는 것은 모두 땅으로 돌아간다. 누구도 무엇도 아닌, 오직 자기 자신이 등불이니 자신을 믿으라는 마지막 말씀에 힘을 얻는다.

어미의 바람

오랜만에 해운대 해변을 걸었다. 번쩍이는 빌딩들이 호위하고 있는 풍광이 이국에 온 듯하다. 신발을 벗고 싸늘한 모래의 감촉을 느끼며 먼 곳을 바라본다. 해변 가운데쯤 모래밭에 흰 수건을 머리에 두르고 분홍 스웨터를 입은 깡마른 할머니가 바다를 향해 절을 하고 있다. 가까이 가서 보니 손에는 염주를 들고, 앞에 시루떡 다섯 덩이와 사탕 봉지가 놓여 있다. 백팔배, 아니 삼천배를 하는지 굽은 등을 펴지 못하고 연신 절을 한다. 말을 걸고 싶었는데 절이 끝날 기미가 안 보인다. 무슨 소망이 저리 깊을까. 답을 듣지 않아도 어미라는 종족의 이심전심이 전해온다. 더 큰 소망이 있을 수도 있지만, 자식의 행복을 비는 것이라고 짐작하며 나는 내가 젊은 엄마이던 시간을 돌아본다.

어느 날, 다 큰 딸이 제 다리에 있는 상처의 흔적들을 보면서 엄마는 저를 공주처럼 키우지 않고 막 키웠다고 한다. 공주가 뭐 좋니, 씩씩하게 맘껏 뛰어노는 게 좋지. 그러고 보니 딸에게 인형이나 샬랄라 한 드레스를 사준 기억이 없다. 놀기 편한 옷만 입혔다. 오빠 것을 물려 입히기도 했으니 돌아보니 미안하다. 또 대학생이 된 아들이 저는 아이를 낳으면 스파르타식으로 교육하겠다며, 내 방목형 자율교육을 탓한다. 노래를 좋아하는 아들이 피아노 레슨을 끝까지 받지 못한 것을 아쉬워하며 한 말이다.

아이들이 어릴 때 남들 다니는 온갖 학원을 보내기는 했다. 그러고는 '싫다'고 하면 무엇이건 바로 끊었다. 그 중에 피아노와 미술 학원은 가장 빠른 시간에 끝을 봤다. 공부 역시 채근한 적이 없다. 내가 한 건 글을 깨우칠 즈음에 시를 적어 집안 곳곳에 붙여두고 함께 읽고 외우게 한 일이다. 강요는 아니고 내가 시범을 보이는 게 고작이었다. 공부도 놀이처럼 하길 바랐다. 아들딸이 고3이 되어도 주변 사람들이 내가 고3 엄마인 걸 몰랐다. "공부해야 하는 건 고3이지 엄마가 아니라고, 엄마가 지키고 있어도 할 놈은 하고 잘 놈은 잔다"는 아들의 말이 나를 더 뻔뻔하게 만들기도 했다. 그때도 긴 여행을 했으니 말이다. 엄마도 한 인간으로 열심히 즐겁게 사는 모습을 보이는 게 '교육'이라고 생각했다.

언젠가 손자 태경이가 물었다. "할머니 소원은 뭐예요?" "훌륭한 사람의 엄마가 되는 거." 바로 대답을 하고 보니 뜨끔하다. 이렇게 헐렁하게 키운 아들딸에게 무슨 욕심인가. 무엇이건 좋아하는 일을 하면서 소소한 행복을 느끼는 사람이 되길 바라니까 내 기준의 훌륭한 사람이 맞기는 하다.

생전의 어머니께서 가끔 “너는 왜 그리 욕심이 없니?”라며 책망하셨다. 이 치열한 경쟁사회에서 자신의 능력보다 욕망이 크면 얼마나 괴롭겠는가. 명문대를 나오지 않았어도, 돈이 많지 않아도, 복잡한 관계에 얽혀 있어도 굴하지 않고 미미한 자존감을 북돋우며 살아왔다. 일찍이 아큐식 정신승리법을 새겨, 수용할 수 없는 상대의 말이나 행동은 흘려버렸다. 이런 것들은 겉으로 드러내지 않는 뇌 속의 요동 덕분이다.

30년 간 행복에 대해서 연구한 서은국 교수는 행복이 소리라고 한다면 이 소리를 만드는 악기가 인간의 뇌라고 한다. 이 악기가 언제, 왜 무슨 목적으로 소리를 만들어내는지를 알아야 행복에 대한 감을 잡을 수 있다. 인간을 인간답게 만드는 뇌는 사람들과의 관계 맺기를 잘하는 뇌라고 한다. 원래 뇌의 용도가 연애하고 친구와 사귀는 것이지 이차방정식을 푸는 것이 아니라는 대목에서 웃으며 끄덕였다.

사람들이 행복하기 위해 바라는 게 복권 당첨이라지만 미국에서 100억 원 이상 상금을 받은 복권당첨자들의 1년 뒤 행복감을 조사한 결과는 주변 이웃과 비교해서 별 차이가 없었다고 한다. 행복은 그렇게 한방에 오는 게 아니고, 가족이 환하게 웃을 때나 친구와 맛있는 음식을 먹을 때, 좋은 글을 만났을 때나 멋진 풍광 속에 있을 때처럼 소소하게 자주 느끼는 즐거움에서 온다. 행복은 기쁨의 크기가 아니라 횟수에 있다는 것이다. 행복이 객관적인 조건들에 좌우되지 않으며 경제력과 비례하지 않는 게 다행이다.

'가치 있는 삶을 살 것이냐, 행복한 삶을 살 것이냐는 개인의 선택' 이라고 했지만 행복한 삶 안에 가치가 있다. 기쁜 일을 맞았을 때나 슬픈 일을 당했을 때 힘이 되는 건 '사람'이다. 오감을 만족시키는 쾌감마저도 혼자라면 공허하다. 타인의 슬픔과 기쁨에 공감하는 능력이 행복의 바탕이 된다. 공연이나 여행 같은 '경험'을 사기 위해 돈을 쓰는 건, 그 안에 함께하는 사람이 있기 때문이다. 사람들 안에서 화평하면 혼자 있어도 그득하다.

부모와 자식의 인연은 얼마나 모진가. 아버지는 조건부의 사랑을 하고, 어머니는 무조건적으로 사랑을 준다. 생명을 공유한 절대적인 사랑이다. 그래서 신도 어머니의 기도는 들어준다고 한다. 그런데 사람들은 무언가를 달라고 달라고만 기도하고 신의 대답은 듣지도 않고 일어선다는 우스갯소리가 있다. 오래 전에 기도는 귀 기울이는 것이라고 들은 걸 구실 삼아 기도에 등한한 나는 또 얼마나 가소로운가. 주시는 대로 감사히 받겠노라고 가슴으로만 말한다. 사랑은 행동인 것을 알면서도 염치없이 애먼 뇌만 괴롭힌다.

모든 어미의 바람은 자식의 행복이다. 더불어 자식의 바람도 부모의 행복일 게다. 서늘한 해변에서 자꾸자꾸 절을 하는 어머니가 어서 허리를 펴고 일어서시길. 어서 자리를 털고 이웃과 함께 사탕과 시루떡을 나누며 이야기에 빠지시길 빈다. 어딘가에서 그의 자식도 어머니의 평안을 바랄 것이라고 나는 믿는다.

순백에 홀리다

산토리니, 그곳에 닿기 위해 이틀이 걸렸다. 로마공항에서 아테네로, 아테네에서 산토리니 행으로 갈아탔다. 그리스공항은 옛 김포국제공항을 닮아서 편안했다.

숙소는 피라마을 중심에 잡았다. 아담한 건물이 앞에서 보면 2층인데 내부는 5층이다. 이곳은 거의 절벽 위에 그대로 집을 짓는다. 마을이 내려다보이는 발코니와 작은 풀이 있고, 담과 벽, 복도가 온통 흰빛이니 산뜻하다.

특별히 전망이 좋다는 식당을 찾아 언덕을 오른다. 눈부신 집들과 상점, 카페와 교회가 모두 흰색인데 묘한 조화를 이룬다. 바다가 내려다보이는 식탁에 앉으니, 구레나룻이 짙은 청년이 기타를 치며 노래를 한다. 귀에 익은 팝송을 들으며 해산물 요리와 화이트와인으로 한껏 마음이 부푼다.

산토리니는 하나였던 섬이 화산 폭발로 4개로 나뉘었다. 다음날 해적선 모양을 낸 배를 타고 섬들을 둘러보았다. 화산섬 네아 카메니에 내렸다. 화산재를 밟으며 완만한 언덕을 오르니 분화구에서 유황이 끓어 하얀 수증기가 보인다. 화산이 아직 숨을 쉬고 있는 것이다. 죽은 듯 조용하게. 황량한 화산섬에 엎드려 오종종 피어 있는 꽃은 바람과 볕에 빛이 바랬다.

배에서 내리지 않고 본, 작은 섬의 해변에 하얀 교회가 있다. 둥근 지붕이 앙증스럽다. 교회 앞 바다 속에 온천이 있다. 붉은 기운 위로 김이 피어오른다. 그곳에서 사람들이 수영을 한다. 비키니를 입고 풍덩풍덩 바다로 뛰어내리는 것을 보며 나는 침만 삼켰다. 바닷물이 그냥 몸을 띄워줄 텐데 용기가 모자랐다. 여행자의 지나친 염려는 걸림돌이 되기도 한다.

크루즈는 마지막으로 산토리니의 제일 큰 섬, 일몰이 세계에서 가장 아름답다는 이아마을 해변에 내려준다. 동키라는 나귀를 타고 오르는 사람도 있지만 나는 좁은 계단으로 언덕을 걸어서 올랐다. 동키도 힘이 드는지 몇 발자국마다 똥을 무더기로 쏟아놓는다. 헉헉대며 오르니 하얀 집들이 눈부시다. 숨 막히게 아름다운 풍경이 비현실적이다.

이아마을에는 내가 기대했던 아틀란티스 서점이 있다. 어렵게 문을 연 서점은 계단을 내려가 반지하에 있어서 실내가 밝지는 않았다. 천장에는 이 서점에서 자원봉사를 한 사람들의 이름이 원을 그리며 쓰여 있다. 이들의 순수한 마음을 생각하니 어떤 그림보다 아름답다. 서점 한편에 도네이션 박스가 있다. 돈이 아닌 사명감과 열정으로 이어가는 아틀란티스 서점, 이들의 순정한 마음에서도 하얀 빛을 느낀다.

이 서점에는 『어린왕자』, 『그리스인 조르바』, 『노인과 바다』 등의 초판본이 있고, 철학서적을 모아놓은 철학의 탑이 있다. 잘 보이는 진열대에서 한강의 소설 『흰』을 만나니 내 것인 듯 반가웠다. 하얀 바탕에 한글로 쓴 '흰' 단정도 하다. 결코 더럽혀지지 않는, 절대로 더럽혀질 수 없는 어떤 흰 것에 관한 이야기라는 『흰』 작가 한강의 말이 떠오른다. "모국어에서 흰색을 말할 때, '하얀'과 '흰'이라는 두 형용사가 있다. 솜사탕처럼 깨끗하기만 한 하얀과 달리 흰에는 삶과 죽음이 소슬하게 함께 배어 있다."

나는 비로소 이곳 순백의 이면을 생각한다. 환하기만 한 하얀색이라고 느꼈던 이곳의 흰색은 더러워지면 계속 덧입혀야 하는 것이다. 어쩌면 이 하얀색은 우리가 알아내지 못할 정도의 빠른 주기로 생사를 오가는지도 모른다. 생명의 시작인 배내옷, 환희의 순간 웨딩드레스와 생의 마감에 입는 수의까지 인생의 절정은 모두 흰색과 함께 한다.

멋진 일몰을 보기 위해 낮부터 사람들이 높은 곳에 모여 있다. 해는 구름을 허리에 걸고 주변에 온갖 색을 입히며 에게해 속으로 느리게 들어간다. 사람들의 환호를 받으며 우아하게 퇴장한 해, 맞은편 하늘에는 이미 하얀 얼굴의 달이 떠 있다. 어디서건 높고 의연한 것은 외롭다.

화산섬인 산토리니의 민얼굴은 바다와 화산재다. 평평한 땅에는 포도나무와 올리브를 기르고 절벽에 집을 짓는다. 척박한 토양과 강렬한 태양에 포도나무는 허리를 세우지 못하고 바닥에서 제 둥치를 둥글게 말고 자란다. 절벽에 등을 댄 집들은 온통 흰색이다. 끝없이 파란 바다와 어울린다. 이곳에서 하얀색보다 뛰어난 색은 상상할 수 없다. 기꺼이 홀릴 만한 순백이다.

순백의 산토리니, 그리스 사람들은 이곳을 '티라'라고 부른다. 바다를 정원 삼아 지은 풀 비치 호텔은 바라만 봐도 환상이다. 허니문 전용이라는 안내판에 멈칫했다. 호텔 옥상에서 웨딩 촬영하는 모습이 화보의 장면장면이다. 유럽 젊은이들의 로망이 산토리니의 허니문이라고 한다. 이곳에서 허니문을 보내면 평생 환상을 품고 살 수 있을까. 이들이 환상을 위해 치른 값을 길게 누리길 바란다.

우리는 생활인과 여행자로 시차를 두고 넘나든다. 생활인의 노역은 다양한 색을 지닌다. 푸르고 붉은 격랑의 감정과 애틋한 파스텔톤 감상이 뒤엉키며, 때 없이 술렁이는 의문과 미욱한 다짐으로 먹색이 되기도 한다. 여행자의 시간을 준비하며 편견 없는 시작을 다짐한다. 낯선 것들과의 만남을 고스란히 받아들이려 가슴을 연다. 여행자의 길에서 나는 비로소 흰색이 된다.

지중해의 작열하는 태양은 여행자에게는 경이롭지만 생활인에게는 극복해야 할 대상이다. 생활인은 흰색을 외벽에 칠해 열을 반사시켜 실내온도를 떨어뜨린다. 티라에서는 모든 건물을 흰색으로 칠하는 것을 법으로 정한 때가 있었고, 지금은 하얀 벽을 더럽게 방치하면 벌금을 부과한다. 티라는 자연과 인간이 함께 빚은 걸작이다.

하루에도 몇 번씩 오르내린 피라 마을의 상점들, 보석가게는 그림 보듯 지나치고 옷이나 장신구에 슬쩍슬쩍 눈길을 주다가 떠나기 전날 흰색 페도라를 샀다. 자주 쓸 것 같지는 않지만, 머릿속이 복잡하거나 속이 시끄러울 때 살짝 머리 위에 올려보리라.

모든 색을 받아들이고 또 모든 색을 지워버릴 수 있는 흰색, 탄생과 환희와 죽음을 품고 있는 흰색, 어느 색과도 잘 어울리는 그 순백을 나는 우러른다.

반갑다, 은수야

세계일주를 하고 온 마을버스 은수를 만났다.

오래 전부터 50대가 되면 여행가의 길을 걷는 게 소원이던 임택 씨는 꿈을 이루기 위해 경제생활에 전념하면서 체력을 키우고, 영어를 준비했다. 평창동 언덕길을 헐떡이며 올라오는 마을버스, 좁고 가파른 길을 다니며 사람들을 큰길까지 데려다준 다음 산동네로 되돌아오는, 기껏해야 2차선 도로를 달리는 종로12 마을버스의 인생이 자신과 닮았다고 생각한다.

'은수교통' 출신인 마을버스에게 '은수'라는 이름을 붙여주고 넓은 세상으로 함께 나가기로 작정했다.

677일 동안 48개국을 다녀온 대견한 은수가 지금은 국내 오지를 다니고 있다. 코로나19 때문에 잠시 쉬다가 21차로 삼척 일대를 향한다. 『마을버스, 세계를 가다』라는 책으로 먼저 만나서인지 임택 작가와 은수는 구면 같았다. 둘 다 생각했던 것보다 젊은 모습이다.

나는 정원 10명의 귀한 자리를 하나 얻었다. 세계여행에서 그랬듯이 이번 여행도 계획 없는 것이 계획이다. 어디를 가서 무얼 보고 무얼 먹는다는 계획이 있는 '점의 여행'이 아니라 계획 없이 목적지를 향해서 가는 과정을 즐기는 '선의 여행'이라고 한다. 비가 와도 홍수가 나도 떠나며, 차가 서서 몇 시간 기다릴 수도 있고, 움직이지 못할 상황이 되면 어느 시골 처마에서 옥수수를 삶아 먹으며 있다가 온단다.

'운전병 임택, 조수 겸 재미장 김병목, 정규직 차장 곽숙경, 웃음충전소장 정경석… 여성분들에게는 직책이 없는 남성 우월주의적 여행모임입니다. 여성들은 다음과 같은 수칙을 잘 지켜주시기 바랍니다. 여성이 지켜야 할 여행수칙 / 손끝 하나 햇볕에 노출하지 않기. 지난 조에서 설거지하려고 나서다가 퇴출당하신 분 있음.' 떠나기 전에 받은 주의사항이다. 내 몸에 밴 무수리 습성을 단단히 눌러야 한다는 말이다. 책에서 본 것처럼 좌충우돌 펼치는 일들을 즐거움으로 누릴 마음을 다잡으며 실없이 웃음부터 나왔다.

마음먹기가 번개 같은 나는 이번에도 마음과 함께 몸이 나갔다. 아직 다리가 아닌 가슴이 떨리는 것을 다행으로 여기며 은수와 눈을 맞춘다. 환한 초록색 몸체, 운전석 문에 태극기가 그려 있고 그 옆에 길게 '마을버스, 세계를 열다'라는 멋진 작품이 새겨 있다. 반대쪽 창에는 세계지도가 차분히 그려 있다. 은수의 몸 안팎에 빼곡히 쓰인 글씨, 아는 언어와 모르는 언어 사이에 간격은 없다. '간다 간다 하더니 정말로 가실 줄이야. 역시 우리 아빠답다. 아빠 파이팅' 아들과 딸의 응원에 하트와 엄지 척을 더한다. 조지아어, 키릴어, 비 온 뒤 지렁이 자국 같은 문자들, 나는 단숨에 문맹이 되었지만 그들의 고맙고 대견한 감정을 읽는다. 만국공통어인 그림 앞에서는 입꼬리가 올라가기도 하고, 볼리비아에서 만난 수녀님의 평화기원과 강병남 시인의 축하시 「신세계」 앞에서는 숙연해진다.

운전석 문을 여니 녹이 슬어 철판이 군데군데 떨어져 나갔고, 내가 앉은 차장 뒷자리 바닥에는 동전만 한 구멍이 뚫려 있다. 그러나 은수는 겉모습과 달리 속은 탄탄하다. 60㎞로 제한된 마을버스의 시스템을 바꿔서 아우토반을 달렸다. 은수가 길 위에서 헉헉거리다 멈춰서면 언제나 '천사'가 나타난다. 소박한 사람 형상을 한 천사의 손을 거치면 은수는 힘을 얻어 다시 길을 달린다. 아픈 것을 고치고 바꾸면서 속이 더 젊어진다.

은수의 몸 사방에 'jump! new life'라고 쓴 말풍선이 하늘을 향하고 있다. 그 기를 받아서 우리도 가는 곳마다 점프를 하며 인증샷을 남겼나보다. 그때마다 웃음이 팝콘처럼 튄다.

이번 여행의 호스트는 삼척의 하태성 시인이다. 오래 전 수녀원이었던 건물을 미술관으로 바꾸는 공사를 하고 있다. 정원에는 연못과 작은 꽃나무들이 자리를 잡았고, 1층은 시멘트 바닥에 건축자재들이 널려 있지만 하 시인의 구상을 들으며 색다른 미술관 모습을 그려본다. 2층의 넓은 마룻바닥 가장자리에 텐트를 치고, 중앙에 즉석 식탁을 차리고 둘러앉았다.

첫날 빔프로젝트가 고장나는 바람에 하 시인의 부인인 서민정 락페라 가수의 즉석공연으로 귀호사를 했다. 호스트가 준비한 문어와 골뱅이, 제철인 민어회와 주변에서 채취한 오디, 블루베리, 살구로 입호사까지 했다.

둘째 날은 빔을 고쳐서 이번 주제인 '남미' 이야기를 들었다. 우유니 사막에서 모래폭풍을 만난 은수의 모습을 보며 책 바깥의 우여곡절에 폭소와 함께 애틋한 마음이 오갔다. 임택 작가의 무한긍정과 전천후 친화력은 여행의 강점이다. 30시간 이상 비행해야 갈 수 있는 남미가 이웃 마을처럼 친숙하게 다가온다.

삼척 몇 곳을 다녔는데 부러 좁은 길을 택해서 은수의 이마로 나뭇가지를 헤친다. 이들은 남들이 가지 않는 길을 밀고 나아가는 추진장치를 장착한 듯하다. 대장에게 은수는 피붙이 같은 느낌이 아닐까. 그 무언의 연대가 극진하다.

두 밤을 기거한 공사 중인 미술관은 화장실이 1층에 하나 있고, 샤워장은 물론 세면대, 싱크대도 없다. 그럼에도 잘 먹고 잘 자고 논 것은 배려와 봉사심 많은 일행 덕분이다. 여행 고수들의 유머와 넉살도 유쾌했다.

돌아오는 날, 차로 갈 수 있는 최고 높은 곳인 만항재를 은수는 거뜬히 올랐다. 카파도키아와 안데스 산맥을 넘은 전력을 떠올렸다. 겹겹산이 한눈에 내려다보이는 정자 앞에 은수를 가까이 세우고 계단 난간을 사다리 삼아 지붕 위에 올라갔다. 우리는 버스 위에서 하늘을 나는 모습을 남겼다. 처음부터 끝까지 새로운 삶을 향해 점프, 점프를 했다.

창궐하고 있는 지상의 근심과 시름을 누르고 뛰고 또 뛴다. 길 위에서 마음은 늘 희망 쪽으로 열린다.

겉은 늙고 상처투성이지만 속이 튼실한 은수를 보며 힘을 얻는다. 고맙다, 은수야.

푸르고 푸른 몰타

지중해의 작은 섬나라 몰타, 이곳에서는 '말타'라고 한다.

늦게 도착해서 그대로 잠들고 아침에 숙소 창문을 여니 가까이에 널찍한 돌로 쌓은 요새 같은 성벽이 마주 보인다. 몰타의 수도 발레타다. 석회암 건물 위로 본 하늘은 푸르고 푸르다. 성당 앞 노천 카페와 화려하지 않은 상가들, 수도라고 해도 걸어다닐 수 있는 넓이다. 기둥만 남은 그리스 신전 터는 보수공사 중이다. 군데군데 페인트 칠이 벗겨진 담, 허물어진 성벽을 그대로 두었다. 자세히 보면 새 건물도 있지만 색을 희게 칠해서 옛 건물과 자연스럽게 어우러져 있다. 건물의 나이테가 상아색 라임스톤에 담겨 있다.

몰타는 제주도의 5분의 1도 안 되는 넓이지만 아프리카와 아시아, 유럽을 잇는 다리 역할을 하기 때문에 끊임없이 외세의 침략을 받았다. 페니키아, 카르타고로부터 유럽의 전신 왕조와 공국의 지배를 받고 1964년에서야 영국으로부터 독립했다. 성 요한기사단이 몰타를 통치하고 있던 때는 이슬람과 그리스도교 세력이 부딪치는 최전선이었다. 이들은 적은 숫자로 몰타시민과 함께 침략자들을 물리쳤다. 나폴레옹이 몰타로 들어왔을 때, 같은 그리스도 국가와는 전쟁을 안 한다며 철수하고 로마로 옮겨감으로써 268년의 통치가 끝났다.

기사단의 휴식처였던 발레타 가든은 매일 거행하는 대포 발포식을 기다리는 여행객들로 활기차다. 시간이 되자 음악이 울려 퍼지고 성벽 아래에서 베이지색 복장을 한 기사는 대포에 장전을 한다. 푸르고 푸른 지중해를 향해 펑, 펑, 예고된 폭음이 울리고 하얀 연기가 뭉게뭉게 허공을 가른다. 종교와 생명을 지키던 성 요한기사단의 높은 뜻은 지금까지 이어지고 있다.

쨍한 햇살 습기 없는 열기는 미세한 입자로 몸 곳곳에 스며든다. 속으로 팔랑팔랑 바람을 날리며 거리를 걷는다. 바로크 양식의 고풍스러운 건물에 갖가지 색깔을 칠한 문과 발코니의 조화는 예술이다. 문 옆에 마주 놓은 오크통이나 화분들과 세월을 품은 낡은 벽은 그대로 작품이다. 비탈진 골목을 배경으로 서면 누구든 화보의 주인공이 될 것 같다.

하루는 배로 섬 투어를 했다. 아침에 호텔 앞 바다에서 작은 배를 타고 항으로 이동해서 큰 배로 옮겨 탄다. 고조 섬에 내려 작은 보트를 타고 푸른 동굴을 30분 정도 돌아보는데 요금은 후불이며 이곳에 돌아오지 못하면 안 받는단다. 그래서 구명조끼를 주는 것이라며 사공이 농을 한다. 긴장을 거두고 가볍게 보트에 올랐다.

보트는 좁은 입구를 지나 곡예하듯 굴로 들어간다. 바다는 잉크 빛과 사파이어 빛 사이사이 신비로운 켜를 만들며 일렁인다. '블루 그로토', 이름이 같은 카프리 섬에서 본 '푸른 동굴'이 떠오른다. 카프리의 푸른 동굴은 푸른 빛이 굴절에 의한 빛이라서 그날그날 기후에 따라서 물빛이 바뀌지만 이곳은 내내 푸른 빛이다. 해안모래가 속살을 드러내는 곳에서는 더욱 투명하게 반짝인다. 어떤 보석이 저리 빛날까. 숙련된 장인이 원석을 이리저리 커팅하며 보여주는 듯하다. 가슴을 울렁이게 하는 이 빛을 나는 비원의 색이라고 명명한다. 티 없이 명랑한 파랑, 달뜬 감성의 푸른, 우울한 블루까지 담아 가슴 깊이 간직한다. 기분이 가라앉을 때 이 빛을 떠올려 보리라.

마음보다 재빠르게 나가던 몸에 제동이 걸렸다. 몸이 아프다며 찡그리는 표정을 이해 못했는데 내 일이 되었다. 내 발밑을 바라볼 수 없을 지경의 목디스크가 오고, 마음처럼 내달릴 수 없는 몸이 되고나서 나는 고개를 깊이 숙이는 법을 익혔다. 목 근육을 만드는 이 동작을 하면서 몸에 맞춰 마음까지 낮아진다. 신비로운 푸른 동굴에 들어가기 위해서는 몸을 깊이 숙여야 한다.

파도에 깎이고 바람을 받아낸 바위 절벽은 기기묘묘하다. 푸른 창문Azure Window이라 부르는 바위에는 아치형 문이 뚫려 있다. 수심이 깊은 짙푸른 청색에 잠시 두려움도 느낀다. 파도가 스치는 밑동과 굴곡진 곳이 보랏빛 자수정 같다. 수수천년 바다와 하늘과 태양이 꾹꾹 다져 만든 색이다.

블루라군이 있는 작은 무인도 코미노 섬에서 수영을 했다. 파라솔을 잠깐 빌리는데 20유로다. 이곳의 싼 물가에 비하면 바가지요금인 듯한데 탈의실이나 샤워장도 없다. 유럽여행객들이 바글거리는 해변에서 지중해를 베개 삼아 하늘을 보며 둥둥 떠 있는 맛도 괜찮다. 젖은 수영복 위에 원피스를 입었으나 다시 배에 타기 전 이곳의 열기가 다 말려준다.

이곳 사람들은 친절하고 온화하다. 거리의 상인도 악사도 소란스럽지 않다. 가톨릭 나라의 근엄함이 스몄다고 할까. 여행객들마저도 조신하게 되는지 적막한 골목에서도 저절로 소곤거리게 된다.

중세의 풍모를 간직한 몰타, 덧칠하지 않은 역사가 가만히 숨 쉬고 있다. 갑옷으로 무장한 신사도와 피투성이 마녀사냥으로 웅성거렸을 광경을 그려본다. 신을 앞세웠던 중세의 얼굴은 어둡고 무겁지만, 몰타의 하늘과 바다는 푸르고 푸르다.

중세의 골목

발레타 광장에서 버스를 타고 엠디나에 갔다. 몰타의 옛 수도 엠디나는 거대한 성벽이 첫눈에 들어온다. 오래된 요새의 외벽이 벗겨져 화석처럼 켜를 이루고, 성벽 아래는 포탄 자국이 고스란히 남아 있다. 미황색 석회암 건물들이 그림으로 보던 중세의 모습 그대로다. 네모진 돌이 쪽 고르게 깔린 거리는 미끈하고 깨끗하다.

여행객을 위해서 곳곳에 마차가 대기하고 있다. 양쪽 눈 옆을 가리개로 가린 말을 보니 마차를 타고 싶은 마음이 일지 않는다. 안전을 위한 조치겠지만 사람이나 동물이나 앞만 봐야 하는 건 답답한 노릇이다. 나를 사방지기로 풀어놓고 싶어서 떠난 여행길이 아닌가.

성 바울 성당에서 결혼식을 보았다. 흰 드레스를 입은 앙증맞은 아이가 앞서고 좀 나이 들어보이는 신부와 신랑이 뒤를 따른다. 킬힐에 어깨를 다 드러낸 드레스를 입은 여자, 향기가 날 듯한 강렬한 꽃무늬 원피스를 입은 여자, 긴 머리를 묶고 검은색 정장을 차려입은 남자, 축하객들의 차림새가 눈길을 잡는다. 설렘이 눈으로부터 시작한다.

장 베르동의 『중세의 쾌락』에 보면 엄숙한 미사 중에도 짧은 눈맞춤이 오가며 사랑, 혹은 정욕이 시작된다. 중세 기독교는 천상에서 누릴 행복을 약속하며 금욕생활을 강요했다. 즐거움을 쫓는 것은 악마의 짓이며 육체의 쾌락을 추악한 죄악으로 몰았다. 부부관계 체위까지 규제의 대상으로 삼았다. 그러나 미사 중에도 오가는 섬광과도 같은 순간, 눈길을 통해 흐르는 전류를 어찌 막겠는가. 사랑을 죄악시하던 그때부터 지금까지 연인들은 줄기차게 신 앞에서 언약을 한다. 통제란 얼마나 부질없는 일인가.

엠디나는 광장과 이어진 골목이 압권이다. 적의 침입을 대비해서 전략적으로 만들었다는 골목은 마냥 자유로워 보인다. 두 사람이 손을 잡고 여유롭게 지나는 곳도 있고, 혼자 겨우 빠져나가는 골목도 있다. 좁고 느린 골목의 커브를 돌 때마다 기대감으로 눈이 커진다. 돌다보면 고풍스러운 공동우물과 긴 의자가 놓인 넓은 터도 있다.

돌출된 발코니에서 고개를 내민 꽃들이 수런거린다. 진홍색 부겐빌레아는 낡은 벽의 권태를 깨우고, 좁은 골목의 담 허리를 파서 만든 꽃밭은 얼마나 사랑스러운가. 작은 화분에서 벽을 타고 오르는 초록 넝쿨이 우렁우렁하다. 사방 어디를 찍어도 작품이다.

배우 현빈이 광고를 찍었다는 황량한 골목에 이르니, 가쁜 숨을 몰아쉬며 '온몸으로 눈물을 흘리고 싶다'던 광고 카피가 떠오른다. 높다란 벽이 은밀한 이야기를 모두 덮어줄 것 같다. 이루지 못한 일이나 잡을 수 없는 건 모두 애달프다.

이곳 사람들은 시에스타를 철저히 지킨다. 강렬한 햇살 아래서 맑은 정신을 챙기기 위해서 중간 휴식이 필요하다. 내게도 그늘 속에 침대가 있다면 바로 달콤한 잠에 빠졌을 게다. 사람 기척 없는 골목을 여행객들만 슬렁거리고 있다. 담이 만들어준 그늘에서 늘어지게 자고 있는 개와 고양이들도 한가롭다. 담 아래쪽 철망 속에 자물쇠가 잠긴 가스통만이 지금 이곳도 사람이 사는 곳이라는 걸 상기시킨다.

엠디나에서 유명한 카페 폰타넬라에 갔다. 오렌지가 든 바구니와 꽃이 가득한 마당을 지나 계단을 올라가니, 테이블이 길게 놓여 있고 사람들로 왁자하다. 산이 없는 이곳에서 가장 높은 곳인 것 같다. 멀리 세인트폴 성당과 몰타 섬의 풍광이 한눈에 들어온다. 무너진 회백색 건물들 너머 지중해가 하늘과 손잡고 있다. 건너편 테이블에 한 쌍의 남녀가 포개어 있는 모습도 어여쁘다. 내가 할 수 없는 일을 쉽게 하는 이는 모두 아름답다. 시원한 맥주와 피자로 요기를 하고 나니 이곳의 시간처럼 마음도 느긋해진다.

광장을 걷다가 고문할 때 쓰던 십자 모양의 형틀을 보았다. 권력을 유지하기 위해 이교도를 박해하던 마녀사냥이 떠오른다. 여자의 몸을 죄악시하던 참혹한 시간이었다. 나무로 만든 그 틀에 머리와 두 손을 넣어본다. 나무의 무게는 생각보다 가볍다. '지금까지 알고 지은 죄와 모르고 지은 죄를 모두 사하여 주세요' 주문을 한다. 이국의 형틀 앞에서 난데없는 간절함으로 잠시 숙연해진다. '사는 게 다 죄 입주게' 하던 제주도 고해소에서 들은 말이 떠오른다. 죽음만이 죄 없는 세상으로의 입성인가. 살아내는 것이 모두 죄 짓는 일이라고 해도 어쨌거나 오늘 감사하고 지금 기쁠 것 - 내가 믿는 종교는 현세의 화평이다.

몰타는 아프리카 북단에서 유럽을 잇는 지정학적 위치 때문에 아랍, 비잔틴, 노르만의 침략을 받고 로마, 이슬람의 지배를 받았다. 침략자가 바뀌면서 그들의 문화가 덧입혀져 건물은 로마네스크, 바로크 양식과 고딕 양식이 공존한다. 1964년에서야 영국으로부터 독립해서 1974년에 몰타공화국을 성립하고 지금은 EU 회원국이다.

성채도시 엠디나는 천 년 후에도 이 모습 그대로 있을 것이다. 끊임없이 외세의 침략을 받으면서 이어온 7천 년 역사, 일찍이 빗장을 열고 다문화사회가 되었다. 강해서 부러져버리는 결기보다 결 따라 휘일 줄 아는 유연성이 역사를 이끌어왔다.

어디를 가도 막다른 곳이 없는 엠디나의 골목, 골목 끝이 환하다.

섬이 부른다

두 달 후에 떠날 그리스 섬 자유여행 준비를 한다. 여유로운 시간에 크레타, 로도스 섬에 관한 책을 몇 권 샀다. 세면도구며 옷가지는 전날 작은 캐리어에 후르르 넣으면 된다.

준비 1 『로도스 공방전』 시오노 나나미

로도스는 그리스 령의 동쪽 끝에 있는 섬으로 자유무역도시로 번영했으며 로도스 시에는 아테나, 제우스, 아폴로 신전터와 극장, 경기장터 등 유적이 있다. 십자군시대에는 성 요한기사단의 근거지가 되었다. 이 시기가 배경인 『로도스 공방전』은 시오노 나나미의 개방적인 역사 해석과 소설적 상상력이 과하지 않아서 모든 장면들이 사실처럼 다가왔다.

전쟁을 배경으로 몇몇 멋진 남자가 등장한다. 그 중 으뜸이 오르시니다. 기사단의 대원칙인 '청빈, 복종, 순결'을 대놓고 위배하면서도 당당하게 살고 있다. 그를 벌주지 못하는 이유는 그가 대귀족 가문이기도 하지만 적과 싸울 때 용감무쌍하다는 거다. 오죽하면 적인 투르크인들이 '알라 신도 이 이교도만은 용서한다'고 믿을 지경이다. 전투의 막바지에 그는 전사한다. 그 다음날, 성채 밑 외벽 최전선에 기사 한 사람이 우뚝 서서 적군 앞에 나선다. 이 무모한 기사도 전사한다. 적군이 퇴각하고 난 뒤 투구를 벗기니 흑발의 여인이다. 그녀는 오르시니와 동거하고 있던 여자다.

투르크의 술탄, 스물여덟 살의 쉴레이만 1세는 10만 대군을 이끌고 직접 로도스 전쟁을 지휘하며 성 요한기사단에게 항복하라, 투항하라며 계속 사신을 보내고 편지를 보낸다. 3천5백 명의 기사단은 6개월간 대항하다가 항복한다. 마지막 항복을 받아낸 후에는 휘하 병사들에게 '패자를 업신여기는 자는 중형에 처한다'는 통고를 한다. 이 지시는 완벽하게 지켜졌으며 항복한 기사 전원에게 귀한 선물을 주며 예우하고, 퇴각하는 배에 필요한 물건을 가득 실어가도록 배려한다. 항복한 기사단이나 승리한 술탄, 그들은 진정한 기사다.

전쟁은 인간을 단순화시킨다. 성 요한기사단 역시 이슬람 세력으로부터 기독교를 보호한다는 명목으로 해적 행위를 정당화한다. 귀족집안의 꽃다운 젊은이들이 수도기사가 되어 바다 위에서 싸우다 스러져 간다. 종교는 지배욕과 물욕을 가리는 전쟁의 영원한 명분이 되어 인간의 이기심을 포장해준다. 전쟁소설을 읽고 멋진 남자 몇과 로맨스만 남는다. 가까이 없는 멋진 남자들을 맘껏 흠모한다.

장미꽃이 피는 옛 섬, 완벽했다는 로도스의 성채를 그려본다.

준비 2『섬』빅토리아 히슬롭

크레타 섬 북쪽에 있는 스피나롱가 섬을 배경으로 여자 4대의 이야기가 펼쳐진다. 지도에 작은 점으로 표시되는 스피나롱가 섬은 1903년부터 1957년까지 실제 나병환자의 요양소였다. 플라카 마을에서 수영을 해서 건널 수 있는 거리의 유배지, 섬에 아내와 딸을 실어 보내야 했던 선량한 남자의 비통함에 마음이 가라앉는다. 이기적이며 욕망덩어리인 큰딸 안나는 아름다움을 무기로 신분상승을 한다. 이타심이 많은 작은 딸 마리아는 맑은 얼굴에 기품이 무르익고 늦게서야 빛이 난다. 인간이 제 얼굴을 만드는 과정, 사랑에 몸을 던지는 태도를 통해 그의 후반부 생이 짐작대로 이어진다. 인간은 타고난 천성이 저마다 다르다는 것과 그것은 세월이 지나도 변하기 어렵다는 걸 새긴다.

이 소설에는 제2차 세계대전 당시 독일군의 크레타 섬 점령과 레지스탕스 운동을 바탕으로 한 서사도 흥미롭다. 크레타 섬 사람들의 도전정신, 투쟁성, 자유혼을 높이 사며, 크레타 섬 출신 작가 카잔차키스에 대한 자부심도 내비친다. 역사를 통해 현재와 미래가 잇대어 있다. 무지의 시대에 빛이 되던 사람들이 있어 사회는 앞으로 나아간다.

천형의 섬이었던 스피나롱가는 어떻게 변했을까. 그곳에서 치열하며 숭고한 삶을 살다간 여인의 숨결을 느껴보리라. 벌써 목울대가 아려온다.

준비 3『최후의 유혹』 니코스 카잔차키스

카잔차키스는 이 책으로 인해 가톨릭에서 파문되고 책은 금서가 되었다. 붉은색이 그어졌던 책은 후세에 더욱 흥미를 끈다. 예수의 제자 중 저주받아 자살을 한 것으로 성경에 나오는 가롯 유다를 신념과 의지가 강한 사람으로, 예수는 우유부단한 미혹의 인간으로 그리고 있다. 마리아와 마르타, 두 아내를 거느린 인간 예수의 모습은 당시 신성 모독에 해당할 것이다.

예수가 행한 기적을 기록하는 마태오는 천사가 내려와 불러주면 그대로 받아쓴다. 성서가 기록되는 과정이 소설적이다. 카잔차키스는 하느님을 '구원하는 자'로 보는 맹목적인 믿음을 수정하고, 인간의 의지를 앞세우며 종교의 속성을 통찰한다. 마리아의 아들 예수가 유다에게 하는 말이 자신은 젊은이답게 세상을 구하겠다고 나섰고, 이교도들과 힘껏 싸웠으며 이성이 성숙했을 때, 일을 하고 땅을 갈고 우물을 파고 포도와 올리브를 심었으며, 여인의 육체를 품에 안고 인간을 창조함으로써 죽음을 정복했다고 한다. 지극히 인간적으로 그려졌다.

800쪽에 이르는 두 권의 소설을 읽고도 미진해서 영화를 찾아서 봤다. 〈그리스도 최후의 유혹〉이다. 영화까지 보고 나서 미진한 것은 풀렸는데 다시 의혹이 생겼다. 왜 이 소설로 작가가 파문까지 되어야 하는지…. 그때는 틀리고 지금은 맞다?

종교는 논리가 아니고 믿음이라고 했지만, 회의나 의심을 거친 믿음이 더 굳건하지 않을까. 교리공부를 3수까지 하면서 영세를 받았지만 소원하게 지내는 나는 뭔가.

준비 4『그리스인 조르바』니코스 카잔차키스

카잔차키스는 자신을 그리스인이라고 부르지 말고 크레타 사람이라고 불러달라고 했다. 그리스 본토와 달리 크레타가 터키의 지배를 받을 때 태어났다. "한번 부르면 가슴이 뛰고, 두 번 부르면 코끝이 뜨거워지는 이름, 기적이다. 내가 크레타 사람이라는 것은" 그는 이렇게 크레타를 영탄했다. 1957년 독일에서 죽은 그의 유해는 아테네로 돌아왔으나 그리스 정교회는 파문한 그에게 아테네 매장을 허용하지 않았다. 그래서 그의 고향인 크레타 섬 이라클레온에 매장되었다. 그때의 이라클레온 공항이 지금은 '니코스 카잔차키스 공항'이 되었다.

카잔차키스의 영혼에 골을 남긴 조르바는 질그릇을 빚을 때 왼손 새끼손가락이 걸리적거려서 도끼로 새끼손가락을 잘라버렸다. 결혼은 공식적으로 한번 했고 비공식적으로는 3천 번쯤 될 거라고 한다. 사장이 읽는 많은 책을 향해 "불이나 싸질러버리라"는 조르바, 무엇을 하든 화끈하게 해야 한다는 남자, 하느님은 악마 대장보다 반거충이 악마를 더 미워한다고 믿는다. 천하의 호색한 조르바는 수많은 여자를 탐하지만 여자도 같은 욕구를 가진 인간임을 인식하고, 여자의 기쁨을 위해 최선을 다했다. 갈망을 일으키는 무엇으로부터 자유로워지는 방법에 대해서는 실소를 지으면서도 귀를 세우게 된다. 그가 오래된 악기 산투리를 대하는 모습은 숙연하기까지 하다.

조르바가 시베리아에서 부친 편지에 '아직 살아 있습니다. 오라지게 추워 할 수 없이 결혼했습니다. 뒤집어보면 사진이 있어서 두목도 볼 수 있을 겁니다. 착하고 여자다운 물건입니다. 허리가 조금 뚱뚱한 건 지금 날 위해서 꼬마 조르바를 하나 만들고 있기 때문입니다.'

소설 속 조르바는 실존인물이다. 번역자 이윤기 선생에 의하면 1999년 2월 6일 카잔차키스 기념관에 갔을 때 한 달 전에 조르바의 딸이 그의 무덤을 참배하고 갔다고 한다. 그때 그녀의 나이가 65세였다고 한다. 그가 마지막 편지에서 밝힌 꼬마 조르바일 것 같다.

2달 후, 자유혼 자체이면서도 자유를 부르짖던 그의 묘비 앞에 설 것이다. 이윤기 선생처럼 소주라도 한 잔 올릴까, 조르바의 딸처럼 꽃다발을 바칠까 궁리해본다. 포세이돈의 성지, 에게해를 배경으로 친구와 어깨를 겯고 산투리 리듬에 맞춰 조르바 댄스를 출 생각이다.

어느 소설가는 상상력을 극대화하기 위해서 현장을 가보지 않고 소설을 쓴다고 했지만 나는 내 상상력의 빈곤을 알기에 현장에 가기 전에 그곳을 알아보기로 했다. 전쟁과 질병, 모험이 지나간 흔적에서 옛 사람의 결을 살핀다. 하지만 그리스 역사의 기원은 신화다. 금기가 없는 신화의 섬이 부르니 벌써 가슴이 뛴다.

그곳, 청산도

사방이 푸르다.

하늘과 바다가 제 색을 한껏 드러내고, 청보리와 밀밭이 온몸으로 물결친다. 어느 곳을 바라봐도 파랑과 초록, 힐링 색이 지천이다. 청산도는 어촌 특유의 비린내보다 산촌의 흙내음이 난다. 바람은 순하고 햇살은 부드럽다. 공기의 맛이 달라 심호흡이 절로 되니 먼 길을 달려온 보람이 있다.

단정하게 선 나무 표지판들도 정겹다. 방향에 따라 남은 거리를 알려주니 초행길이라도 안심이 된다. 자주 만나는 달팽이 모양의 안내판은 빨라지는 발걸음을 슬며시 붙잡는다. 걷는 길 중간중간에 있는 조형물 '느림의 종'은 긴 줄을 바람에 맡기고 한가로이 흔들거린다. 지루하던 수업시간 마침을 알리는 종소리는 얼마나 반가웠던가. 이곳의 종을 바라보며 분주했던 일상에 쉼표를 찍는다.

동촌리 바닷가에서 기역자로 꺾인 나무를 만났다. 폭풍을 이겨낸

강한 생명력이다. 언덕 위에 노란 융단을 깔아놓은 듯한 유채꽃 무리는 다른 세상이다. 폭풍우 지나면 꽃 시절 돌아오는 세상사 같다. 그저 흘러가는 것에 마음을 부린다.

관광버스들이 서 있는 상서마을은 조선 인조 때 난을 피해 들어온 사람들이 정착하기 시작했다고 한다. 싸리울 문에 걸린 삐딱 글씨 문패에 눈길이 머문다. 육지에서 온 사람들은 척박한 땅에 돌을 쌓고 그 위에 흙을 쌓아 구들장 논을 만들어 논농사도 지었다. 섬에서 귀한 쌀을 얻었다. 진흙을 쓰지 않고 돌로만 쌓은 담은 바람에게 길을 내주어서 쓰러지지 않고 제 구실을 한다. 돌담을 촘촘히 감은 담쟁이 넝쿨 폼이 경계 태세다.

숙소로 잡은 한옥 펜션 동네. 새로 지은 집안은 정갈하고 창호문살이 운치 있다. 마당은 아직 진흙이 마르지 않은 정자와 듬성한 잔디도 느리게 느리게 자리를 잡을 것이다. 이곳에서 속력을 내는 건 오직 손님맞이 준비뿐이다.

〈서편제〉 촬영지로 올라가는 길이 쭉 곧은 시멘트로 미장을 했다. 구불구불한 흙길을 걷고 싶었는데 아쉬웠다. 정상에 다다르기 전, 여유롭게 휘어진 계단식 밭에서 소가 쟁기질을 하고 있다. 살집 좋은 누렁소는 쥔장의 손길에 따라 고랑을 고르게 파놓았다. 소걸음을 흉내내며 나도 어슬렁거리며 올라간다. 익숙한 풍경에서도 자유를 만난다.

초가지붕이 내려다보이는 서편제 공원 정상에 커다란 대리석 흉상이 번쩍인다. 사람 좋게 웃고 있는 그는 현 완도군수라고 한다. 흉상을 둘러싼 대리석 양편에는 군수의 출생에서 현재까지의 행적과 기금을 낸 사람들의 이름이 줄줄이 새겨 있다. 아무리 봐도 흉상凶狀이다. 무명의 청산도를 슬로시티로 제정케 해서 밖에 알려준 것이 고마워 주민들이 만들었다고 한다. 자연과 어울리는 방법은 없었을까. 공연히 내 낯이 붉어진다. 군수의 공과나 면목은 모르지만, 그의 공덕을 되레 욕되게 하는 것은 아닌지 염려된다.

서편제 세트장 안에 있는 주막에 앉았다. 조록조록 주름 깊은 할머니가 멋쩍은 웃음을 지으며 내다준 막걸리 맛은 진했고, 쑥파전도 향긋했다.

어지러운 심사에 취기는 오지 않고, 조선 선비 연암 박지원이 떠올랐다. 그는 안의 현감을 하는 동안에 제방의 둑을 쌓고, 물레방아를 실용화해서 굶주린 백성을 구휼했다. 연암이 임기를 마치고 안의마을을 떠날 때 백성들이 송덕비를 세우겠다고 했다. 연암은 송덕비를 세우면 그 비를 땅에 묻겠다며 끝내 사양했다. 후대에 와서 그 자리에 사적비가 세워졌다. 연암은 양양 부사로 양양의 수려한 경치를 마음껏 누리며 공직생활을 갈무리했다. 후에 사람들과 녹봉에 대한 이야기를 나누다가 양양은 어떠했는지를 묻자 "일만이천 냥을 받았다"고 대답했다. 사람들이 놀라자 "바다와 산의 빼어난 경치가 일만 냥 가치가 되고 녹봉이 이천 냥이다"고 했다. 자연과 사물의 가치를 잘 알고 존중하며 조화를 이루는 것을 최고로 여겼다. 연암이 청산도를 바라보며 지을 표정을 생각해보며 나 홀로 면구스럽다.

슬로시티는 5만 명 이하의 인구가 수공업과 조리법을 전통방식대로 보전하고 고유의 문화유산을 지키며 사는 곳이다. 그로 인해 관광객이 늘어 주민들의 생활이 나아졌다면 그것을 보존해야 할 의무도 있다. 맑은 하늘과 푸른 바다, 청청한 공기, 시간을 몸에 새긴 몽돌이 널린 해변과 부드러운 능선을 거느린 청산도, 자연 그대로의 모습이 천혜의 자원이다.

풍광과 그곳에 사는 사람들 심성은 닮았다. 순한 눈빛의 노인이 느린 걸음으로 풍경 속으로 들어간다. 비로소 풍경이 완성된다. 나는 즐거이 풍경을 포식한다.

자연과 한몸이 되는 청정 슬로시티 — 느림을 통해 재충전하는 그곳, 마음마저 푸르게 물드는 그곳, 다시 가고 싶은 곳으로 새겨지기를.

동피랑에 가거든

큰소리 내서 웃지 마세요. 이야기 소리도 낮춰주세요.

천사의 날개를 배경으로 팔 벌리고 기념사진을 찍을 때도 스마일만 하시고요. 어린왕자와 어깨동무하는 포즈를 취할 때도 예쁜 앞니만 살짝 드러내세요. 나무다리를 건너거나 물속을 들여다보는 트릭아트 앞에서 신기하다며 탄성을 질러도 곤란해요. 그저 묵묵히 바라보며 눈빛질만 하세요. 발걸음은 가볍게, 서뿟서뿟 걸어주세요. 개구쟁이 톰과 제리 옆에 큼직하게 걸린 '조용히'란 글씨 보이시죠. 톰과 제리에게만 하는 말이 아니랍니다.

납작한 지붕, 허름한 담장에 꽃이 피고 새들이 노래해요. 집안에는 없는 피아노가 담에 열려 있어요. 선장이 입에 문 파이프에 배가 척 올라앉아 있기도 하고요. 흰 돌고래가 분홍빛 파도를 타고 살짝 웃고 있지요. 그림만 있는 게 아니라 주름 깊은 어머니 얼굴 아래 '세상의 모든 어머니는 소설이다'라는 수필집 소개도 있고, '가풀막에 핀 꽃'

같은 시도 있네요.

2년마다 새로운 그림으로 단장을 한다지만, 낡은 빈집에 빛바랜 넝쿨장미가 을씨년스럽지 않나요. 폐가의 부엌 빈 벽에 색색의 반찬통, 젓갈 항아리들과 굴비가 한 두름 걸려 있네요. 작은 탁자에 꽃병과 가계부가 있고, 그 곁에 다홍색 원피스를 입고 화장대에 앉은 여자가 치장을 하고 있어요. 햇살이 슬몃 들어오는 벽에는 '지금 잠을 자면 꿈을 꾸지만 지금 공부하면 꿈을 이룬다'는 글귀 아래서 머리에 수건을 질끈 매고 인수분해를 풀고 있는 학생이 보이네요. 사람의 온기가 사라진 집에 원색의 그림이 무색하게 창밖에는 담쟁이가 줄기찬 생명력으로 뻗어가고 있어요.

빨래가 널린 집도 있네요. 속옷과 겉옷이 나란히 햇살을 고르게 받고 있어요. 주로 노인들이 살고 있는 집안은 적막강산인데 밖은 문전성시에요. 주말이면 주인 허락도 없이 관광객들로 난장이 되기도 하지요.

꼬불꼬불 좁은 길을 숨 가쁘게 오르면 꼭대기에 탁 트인 정자가 기다리고 있어요. 군데군데 깃발도 펄럭이지요. 이순신 장군이 통영성을 방비하기 위해 동쪽 벼랑에 만든 망루인 동피루를 그 자리에 복원해놓았지요. 이 사업 때문에 동피랑 마을이 철거대상이었어요. 이런 저런 크고 작은 정화사업 때문에 많은 달동네가 헐렸는데, 이곳 동피랑은 벽에 그린 저 그림들 덕으로 화를 피했답니다.

동피루에 오르면 입을 열어도 괜찮습니다. 맘껏 감탄사를 풀어놓아도 좋고, 지나오면서 보았던 벽화에 대해, 온갖 느낌을 풀어놓아도 좋습니다. 동피루는 단정한 기와 단청에 사방이 트이고 마루가 널찍하게 깔려 있지요. 아예 신발을 벗고 올라앉아도 좋습니다. 언덕바지를 오르느라 힘들었던 발에게도 바람맞이 해주세요.

저 아래 중앙시장과 통영항이 한눈에 들어오고 바람은 제철에 맞는 바다비린내와 흙내를 몰아오네요. 이곳에서 충무공의 발자취를 떠올리며 존모尊慕의 애틋함을 풀어봐도 좋겠지요. 동피루에 오르기 위해 거쳐야 하는 동피랑은 덩치 큰 동생을 업고 있는 야윈 누나 같아요. 낡은 옷에 덧댄 화사한 새 헝겊 같기도 하고요.

시민단체가 하는 벽화운동이 '그 언덕의 재발견', '동피랑 부르스', '땡큐 동피랑'이라고 하네요. 이런 멋진 구호답게 구지레한 달동네를 환하게 만들었어요. 통영시에서 빈집을 리모델링해서 작가들의 작업실로 빌려준다네요. 글쎄요, 시시때때로 웅성거리는 기척과 두리번대는 눈길을 느끼면서 작업이 제대로 되려나 모르겠어요.

'동양의 나폴리 통영, 통영의 몽마르트 언덕 동피랑', 지나치게 거창한 수식어가 붙어 있네요. 항구를 끼고 오종종하게 모여 있는 집들이 멀리서 보는 나폴리와 비슷하긴 해요. 숨이 차게 올라가야 하는 게 몽마르트 언덕이 떠오르기도 하고요. 화사한 꽃그림 아래 녹슨 철대문을 보는 난감함이 몽마르트 언덕 중간에 손을 벌리던 집시를 만났을 때처럼 민망스럽긴 했어요. 제 실없는 생각도 잠깐이었어요.

좁은 골목 전봇대에서 만난 노란 글씨 때문에 가슴이 뜨끔했어요.

'할머니가 병원 가시면서 하신 말씀, 진짜 조용히 다녔으면 좋겠네. 조용히 다니세요' 할머니 거적눈에 붙어 있을 시름이 읽혀지지요.

통영사투리를 소개하는 이런 글에도 마음이 짠해지네요. '속이 재리서 문디가 될라카다가도 저게, 뻥 뚫핀 강구안을 채리보모 분이 써언하니 가라앉고 그라는기라. 그라이께 오금재이 오글티리고 살아도 내구석이 좋은기라(속이 상해서 문드러지다가도 저기, 뻥 뚫린 통영항을 보면 화가 시원하게 가라앉고 그러지. 그러니 다리를 오그릴 정도의 작은 방이라도 내가 사는 이곳이 좋은 거야).'

동피랑은 벽화 때문에 살아남은 우리의 이웃 달동네예요. 종종색색 꿈꾸게 하는 벽화로 환해지는 골목에 복기미가 피어오르기를 빕니다. 조용히.

바이칼을 향해

땡땡 얼어붙은 바이칼 호수를 마차로 건너는 것이 꿈이었으나 늦가을에 훌쩍 떠났다. 지방의 조용한 기차역처럼 생긴 이르크츠크 공항, 국제선 역사가 참으로 조촐하다. 오래 전 모스크바의 세르메체보 공항에서 느낀 살벌함은 줄었다. 동토를 실감하며 바로 가방에서 외투를 꺼내 입었지만 여전히 무표정한 그들의 얼굴을 보니 마음까지 스산하다.

한밤중에 들어선 러시아의 전통가옥인 통나무집은 썰렁하다. 난방이 안 된 이곳, 안내인은 작은 라디에이터에 전원을 꽂아주고 나간다. 러시아인의 덩치에 비해 1인용 침대는 아주 작다. 기역자로 나눠진 침대에 두꺼운 옷을 입고 양말도 신고 잤다.

얼굴에 찬 기운을 느껴 일찍 일어났다. 어릴 적 한옥에서 잘 때 윗목에 둔 자리끼가 얼어 있던 생각이 난다. 추운 것 빼고는 온통 근사한 숙소는 전나무와 자작나무 숲속에 있다. 쨍한 공기에 정신이 번쩍

든다.

현지 가이드로 나온 Y는 교환학생으로 올 여름에 열 팀을 안내하고 끝인 줄 알았는데 뒤늦게 우리가 왔단다. 지금 이곳에 한국여행객은 우리뿐이라고 한다. Y의 선한 얼굴에 환한 미소가 보기만 해도 기분이 좋다. 어려운 한국말을 좀 잊어버렸다는 말이 귀엽기까지 하다.

바이칼 호수는 336개의 강이 모여 이루어진 큰 호수로 전 세계 인구가 40년 동안 마실 수 있는 양의 물이다. 호수라기보다 바다 같다. 이곳은 영하 40도에서 50㎝가 얼면 바이칼 호수 위로 차가 다닌다. 그때는 호흡도 곤란하고 폐까지 얼어붙는 느낌이라고 한다. 아직 귓속의 털이 곤두선다는 표현이 실감나지는 않았다.

얼지 않은 바이칼 호수, 마차 대신 유람선을 탔다. 배에서 바라보는 시린 물빛과 맞닿은 하늘을 보니 세상의 경계가 지워지는 듯하다. 어디서나 조잘대는 아이들과 진한 스킨십을 하는 연인도 어여쁘기만 하다. 유람선 2층에는 칼바람과 함께 음악이 크게 나오는데 아래층은 적막강산이다. 적막 속에서 바이칼 호수에만 산다는 '오믈'이라는 생선과 보드카를 마셨다. 오물은 청어 비슷하게 생겼는데 훈제로 비린내는 없고 먹을 만하다. 추위 때문인지 40도의 보드카가 취기보다는 몸을 덥히는 용도로 더 어울린다.

바이칼은 어떤 바람에도 일렁이지 않은 거인의 모습이다. 거대한 호수가 보드카보다 더한 취기를 전해준다. 슬렁슬렁 긴장이 풀리고 무장해제다. 러시아문학에 빠지면서 러시아의 모든 게 궁금했다. 깊은 침묵 속에 빠진 연인을 하염없이 바라보는 애달픈 심경이라 할까. 그는 여전히 늠름한데 나는 왜 슬퍼지는지…. 옛 러시아의 기개를 생각하며 마음이 심연으로 가라앉는다.

다음 날은 하루 종일 환바이칼 열차를 타고 바이칼 호수를 바라보았다. 이르쿠츠크 기차역에서 출발해서 슬로지얀카까지 논스톱으로 가서 기차의 머리를 바꿔 바이칼 호수를 옆에 끼고 시속 20㎞로 달린다. 절벽 가까이에 철로를 내서 바이칼 호수를 가까이 볼 수 있다. 중간중간 경치 좋은 곳에 기차가 서고, 사람들이 우르르 내려서 30분 정도 구경을 한다. 유일하게 1시간 30분 머무는 곳이 빨라빈뉘다. 강과 호수와 터널과 마을이 액자 속 그림 같다. 이곳을 현지 여행사 사장은 생을 마감하고 싶은 곳으로 찍어놓았다고 한다. 사장 나이를 물으려다가 입을 다물었다. 한적하고 작은 마을, 우리나라의 시골 풍경과 닮았다. 연못 같은 물웅덩이에 하늘이 내려와 앉았다. 바이칼 호수가 앞에 있고, 마을 뒤쪽은 나지막한 산으로 둘러싸였다. 나는 이내 그럴 만하다고 고개를 끄덕였다.

바이칼 호수가 흘러드는 안가라 강 앞에 섰다. 바람은 머리를 흩날리는데 다리 난간에 자물통들이 풀리지 않게 촘촘히 얽혀 있다. 이렇게 묶고 묶이는 게 사랑이 아닌데, 생각하며 혼자 웃는다. 이 다리 이름이 '늙은 군인의 다리'라니 기막히다. 제식훈련을 하는 학생들을 봤다. 각을 세운 군대식 동작으로 사회주의를 상기시키지만 얼굴은 여릿여릿 웃음기 가득하다. 이들도 사랑을 하게 되면 이곳에 자물쇠를 잠그며 다짐을 하겠지.

다리 옆 광장에는 긴 외투를 어깨에 걸친 알렉산드르 콜차크의 동상이 위엄을 풍기며 내려다보고 있다. 군인이자 정치가로 승승장구했던 콜차크 제독, 그는 볼셰비키에게 처형당해 안가라 강에 던져졌다. 그러나 소비에트연합이 붕괴하자 다시 애국자로 평가되고 있다.

이 자리에서 나는 두 가지 가정을 해본다. 개혁을 꿈꾼 데카브리스트의 난이 성공했더라면, 적백내전에서 백군인 콜차크가 이겼더라면, 아니 배신당하지 않았더라면…. 역사의 격랑 속에 인간은 얼마나 작은가, 그 도저한 흐름의 여울목에 열렬하게 살다 간 사람들을 떠올린다. 덧없는 생각을 하면서 자작나무 숲을 한껏 걸었다.

이곳은 조장鳥葬의 풍습이 있다. 시신을 새들이 먹기 좋게 나무 높이 올려놓은 흔적을 보았다. 나무가 많으니 무덤도 사우나 통처럼 나무로 만들었다. 인간의 마지막 집으로 제법 호사스럽다. 자작나무 옆구리에서 차가버섯이 자라고 있다. 소멸과 생성이 한자리에서 이루어진다.

혼자 집에 있는 것보다 낫겠다고 따라나선 남편은 바이칼 호수가 다시 가고 싶은 여행지라고 한다. 지난 여름 살인적인 더위처럼 이번 겨울에 광포한 추위가 온다고 해도 그곳의 영하 40도를 생각하면 잘 이겨낼 것 같다. 다시 찾은 내 '슬픈 러시아'는 서늘함마저 더한다.

제3장 관계 탐구

*

번영에 익숙해지지 마라.

번영은 순식간에 지나간다.

가진 자는 잃는 것을 배우고, 행복한 자는 고통을 배워라.

— 실러

어느 날 무심히

화원에서 남천을 데려왔다.

대나무풍으로 미끈한 일곱 가닥 줄기에 적당히 뻗은 이파리가 날렵하다. 동양화를 보는 듯, 한가로워 자주 눈길을 주었는데, 우리 집에 온 후로 새로 난 잎이 넙데데하게 자란다. 크지 않은 분재 화분에서 마디게 자라는 성질을 잊어버린 듯하다. 튼실하게 자란 새 잎이 원래 있던 잎과 부조화다. 누울 자리를 보고 발 뻗는다고 마구잡이로 자라도 자르거나 휠 줄 모르는 주인이란 걸 알았나보다.

그 화분에는 빨간 버섯도 살다 가고, 화분 위로 살짝 나온 뿌리에 비로드 같은 이끼도 자란다. 어른 허리께 넘는 남천은 줄줄이 피는 하얀 꽃도 건너뛰고, 가을이 깊었는데도 단풍 들 기미도 없이 푸른 새순들만 올라온다. 움트는 연록 잎은 어린 새가 먹이를 향해 부리를 벌리는 모양이다. 늦되는 게 뒷북 잘 치는 나를 닮아간다. 귀한 것도 우리 집에 오면 수수해진다.

남천의 꽃말이 '전화위복'이라니 이 시대에 위로가 된다. 재난 중에 있을 때 세상이 끝나는 것같이 고통스럽지만, 예기치 않은 행운도 예고 없이 온다. 복과 화의 줄다리기가 삶이다. 모임 금지, 사람과 거리두기 이 불편한 일들이 익숙해질 무렵에야 팬데믹이 끝날 수도 있다. 그렇다 해도 우리는 예전의 삶으로 돌아가기는 어려울 듯하다. 기약 없는 자발적 자가격리의 시간에 확 쪄버린 몸무게가 쉬이 원위치로 돌아오지 않는 것처럼 코로나19 이전과 같은 삶은 요원하다.

촛불시위나 대규모 공연으로 인류사 이래 많은 사람이 모였었다. 그러면서 또 다른 어느 때보다 각자 따로 사는 시대가 되었다. '함께'와 '홀로'가 어우러져 조화와 부조화를 넘나든다.

마주보기 이파리처럼 나는 아직 사람과 함께하는 게 익숙하고 안심이 되는데, 앞으로는 더 많은 시간을 홀로 놀아야 한다. 실컷 책을 읽고, 넷플릭스로 맘껏 영화를 보는 중에도 뭔가 허전하다. 그래서인지 식물에게 눈길이 간다.

식물은 주인의 발소리를 듣고 자란다는데, 우리 집 베란다에는 푸른 것들이 지지부진하게 겨우 명을 잇고 있다. 영양제는커녕 분갈이도 해준 적 없고, 베란다를 청소하며 물을 줄 뿐이다. 그 중에 맹렬한 것은 새로 꽃대를 올려서 나를 미안스럽게 한다. 이들을 세심한 손길로 보살피지 못하면서 나는 통 큰 척, 태평농법이라고 한다.

너무 자주 사랑을 퍼부어 짓무르게 하거나 너무 오래 참아서 말라 죽게 할 수도 있다. 묶이지 않으면서 좋아하고 존재 자체로 마음이 환해지는, 이제야말로 제대로 태평농법을 발휘할 때다.

꽃은 생식기를 원색적으로 내보이며 우리를 유혹한다. 그 유혹을 누구도 외면할 수 없다. 그러나 나는 잠시 황홀한 꽃보다 담담한 나무가 좋다. 꽃도 잎도 떨군 채 앙상한 줄기로 겨울을 나는 나무에게서 겨울산에서 느끼는 경외감마저 떠올린다.

여리게 전해오는 생명 기운, 모든 숨탄것들의 소망은 생을 이어가는 것이다. 속은 자주 시끄러워도 겉으로 무던하게 살아온 내 생도 격렬하지만 드러내지 않는 식물의 속성을 닮았다.

말없는 것들과의 교류는 너그럽다. 어떤 오독도 가능하기에 내 기분대로 해석한다. 대지를 잃은 화분 속 식물이야말로 셀프 위로로 맞춤하다. 오독에 대해 되돌아올 화살은 아우성 없는 자책일 테니 다행이다.

전화위복이라는 꽃말 때문인지 남천이 늠름해 보인다. 실망할 일이 생겼을 때, 희망이 예비해 있다는 것은 얼마나 큰 위안인가. 전화위복은 하루하루를 열심히 살아낸 사람의 몫이다.

돌아보니 내가 예견할 수 있는 일은 아무것도 없다. 반 년 전에 예약해둔 페로 제도 여행이 무산되고, 요양원에 계시던 아버님이 갑자기 돌아가시고, 이어서 이모부와 외삼촌도 이 비대면 시기에 돌아가셨다. 재난 중에 온 피해가 크지만, 재난 후에 나아질 것을 애써 찾아본다.

복이나 화가 내 노력에 비례하는 것이 아니라는 걸 일찍이 알았으나 허탈하지는 않다. 높은 뜻이나 소망을 가지고 전력투구하지 못했으니 아쉬울 건 없다. 가붓한 지금 내 자리가 기껍다.

오늘도 무심히 남천을 바라본다.

모자라고 아픈

신부는 신랑이 완벽한 사람이라고 생각합니까?

네! 그렇습니다.

신부는 아직 콩깍지를 쓰고 있군요.

신랑은 신부가 천사라고 생각합니까?

네! 그렇습니다.

신랑도 아직 환상에 빠져 있군요.

두 사람 다 결혼이 처음이니까 그렇죠.

신부, 내 말을 복창하세요. 남자는 모자란 사람이다.

신랑, 복창하세요. 여자는 아픈 사람이다.

조카 결혼식에서 주례는 푼푼한 농담에 이어, 신랑신부에게 난처한 덕담을 한다. 내가 30년을 살고 나서야 터득한 것을 단방에 알려주니 헛웃음이 난다. 몇 해 전부터 젊은이들 중에 연애, 결혼, 출산을 포기한다는 3포세대가 늘고 있다. N포세대로 향하는 요즘, 남녀가 결혼식장에 나란히 선 것만도 대견하다. 주례는 이들의 평온한 앞날을 위해 환상을 깨고 연민을 처방한다. 환상이 유리그릇이라면 연민은 질그릇이다. 깊고 그윽한 질그릇의 멋은 미덥다. 질그릇도 오래 어루만지면 빛나지만, 투명하고 산뜻한 유리그릇이 좋을 때가 있다.

이 격렬한 세상에서 환상 없이 어찌 살아내겠는가. 나는 저들이 환상에서 살기를 바란다. 가능하면 단단한 환상으로 호호노인이 될 때까지 서로에 대해 콩깍지를 벗지 않기를 바란다. 환상을 믿는 마음은 순수하다. 순수한 마음은 청춘이다. 청춘은 꼼수나 노림수가 없고, 오직 열정을 동력으로 삼아 나아간다. 처음 만날 때의 간절한 마음이라면 극복하지 못할 게 없다. 삶이 극복할 일이 아니길 바라지만 살다보면 시시로 시험대에 오른다. 시험대에 올라서도 주눅들지 않는다면 언제나 생은 봄날이다.

아침마다 얼굴이 팅팅 붓고 발목이 시큰거려도 눈을 질끈 감는다. 정신이 자주 깜박여도 묵묵히 받아들인다. 자연스러운 노화의 징후다. 결코 나만의 병이 아니다. 나는 이미 성에서 자유로워 '모자란'에서도 멀고 '아픈'에서도 먼, 아직 멀쩡한 인간이라고 여긴다. 내 안에서 못난 것들이 빠세게 고개를 쳐든다. 각성하지 못하는 사람은 죽는 날까지 자신이 부족한 것을 인정하지 않는다. 최근에 알게 된 시인의 아이디 'mogiran'을 보고, 능청과 해학에 무릎을 쳤다. 그는 분명 꽉 찬 사람, 아니 일찍이 각성한 사람일 것이다.

나는 남편이 정년퇴임을 하고 난 후 비로소 그가 모자란 남자라는 걸 알았다. 평생 자기 일을 열심히 하고 가족을 부양한 가장, 과묵한 성격의 완벽한 사람인 줄 알았다. 그런데 이 사람을 찬찬히 보니, 은행 자동기기에서 현금인출을 못하고, 집안일은 아예 백치 수준이다. 못 하나를 박으려면 손을 다치거나 망치로 벽을 찍어놓는다. 벽시계의 전지를 바꾸면서 시계유리를 깨트린다. 그 단순한 걸 못하다니 신기할 지경이다.

여자는 직감으로 알고, 남자는 배워야 아는 존재라는 말을 듣고 보니 부끄럽다. 직감이 빠른 여자는 제 꾀에 넘어가기도 한다. 사랑이라는 병에 걸리면 스스로 눈이 멀고 귀를 막기도 한다. 그 병으로 인해 주례 앞에 선다. 그때는 아무 '말씀'이 들어오지 않는다. 오히려 긴 당부가 괜한 걱정 같기도 하다. '남자는 모자란 사람이다' '여자는 아픈 사람이다' 저 말을 따라 하면서 속으로 코웃음 지었을 수도 있다.

바른생활이 결혼생활의 정답은 아니다. 모범답안을 빤히 알면서 가지 않은 길, 샛길을 넘보는 게 인간이다. 서로 측은하게 바라보는 것, 서로 가엾이 여기며 토닥여주는 마음이 없다면 한 지붕 아래의 하루해도 너무 길다. 그래서 생의 저물녘에 스며드는 연민은 열정보다 귀한 감정이다.

모자란 남자가 청소기를 돌리는 것만도 감지덕지다. 걸레질까지 바라는 건 과욕이다. 난해한 방법으로 분리수거를 하고, 빨래를 털지 않고 척척 걸쳐놓는 것도 귀엽게 봐야 한다. 노상 친구들과 어울리는 것도 좋지만 무언가 혼자 즐길거리를 찾으라고 해도 내 말은 그의 귓전에 머물지 못한다.

직감보다 배우는 걸 즐기는 나, 배워야 안다는데도 배우는 걸 마다하는 그, 본시 성정이 다른 것을 나는 왜 놓지 못하는 걸까. 스스로 아프다는 걸 인정하지 않는 나야말로 병이 깊은지도 모른다.

모자라고 아픈 남녀가 만나 서로 완벽한 척, 안 아픈 척하며 부대껴야 하는 결혼, 절절하고도 애틋하다.

그들은 신인류

그들은 태중胎中에서부터 교육을 받는다.

자연스러운 교육이 아닌 의도된 교육이다. 정서 안정을 위해 클래식 음악을 듣고, 정신과 몸의 균형을 잡아주는 요가도 익힌다. 글로벌 시대에 대비해서 영어 동화를 듣는다. 형편이 되면 시야를 넓혀준다며 휴양지와 유적지를 찾아다니며 태교여행도 한다. 처음엔 월 단위, 나중엔 주 단위로 초음파 사진을 통해 자라는 모습을 보고, 풍덕거리는 숨소리를 확인한다.

빈틈없는 과정을 마치고 세상에 나오는 순간도 공동작업이다. 분만을 엄마 혼자의 일로 두지 않고 아빠가 탯줄을 자르기도 하며 진통에도 동참한다. 그들은 최초의 음성조차 우렁차다. 예전엔 인간의 모양새를 갖추기 위해 얼마간의 시간이 필요했지만, 교육의 덕인지 이들은 바로 눈을 뜬다. 때론 머리를 들려고까지 한다.

첫돌 무렵이 되면 스마트폰과 조우한다. 쓰윽쓰윽 밀어보며 까르르 웃기도 하고 툭툭 치면서 심각하게 궁리를 한다. 서너 살이 되면 스마트폰은 장난감의 반열에 든다. 그것을 보며 노래를 따라 부르고 율동을 한다. 그러다 조금 더 크면 그 작은 화면에 코를 박고 게임에도 몰두한다.

그들이 말을 시작하면 '가갸거겨'를 태중에서 익혔는지 바로 문장이 되어 나온다. 간혹 들은 어려운 낱말도 제자리에 눈치껏 끼워 쓴다. 가끔은 엉뚱하게 붙여 박장대소를 끌어낸다. 원하는 걸 취하기 위해 양보와 타협을 할 줄도 안다. 좋고 싫음을 분명하게 말한다. 그들과 허투루 약속을 하면 안 된다. 시시콜콜한 기억력이 출중하다. 졸지에 불신의 딱지를 붙일 수도 있다.

그들은 미완이 아닌 한 우주다. 완전하지만 아직 안전하지 않은 작은 우주다. 주견이 뚜렷해 요구사항에 차질이 있을 때는 울음과 투정으로 표현하지만, 이해하고 받아들일 줄도 안다. 떼를 부려 통하는 사람을 구분하며, 반복해서 주의를 주면 말머리를 자르기도 한다. 자신의 필요에 따라 가족과 주변사람의 중요사항을 숙지하고 있다.

그들의 경이로운 변화 앞에서 우리는 너그러움과 배려를 키우며 웃을 수밖에 없다.

딸이 일을 보러 나간 지 한 시간 정도 지났다. 여섯 살 태경이가 휴대폰을 가리키며

"함마니, 엄마 어디 있는지 위치 추적 좀 해보세요."

"난 그런 거 몰라."

"왜요?"

눈을 동그랗게 뜨고 되묻는다. 이해 못하겠다는 얼굴이다.

저 난해한 표정은 나를 '구인류'라고 생각하는 걸까.

봉과 왕

가끔 가는 식당에서 번개모임을 했다.

낮술을 한잔하며 시킨 해물숙주볶음이 접시바닥에 착 까부라진 채 한쪽으로 쏠려서 나왔다. 난감한 표정을 짓고 있는데 후배가 나섰다. 25,000원짜리 안주가 이건 아니라고 항의를 했다. 잠시 후 새로 만든 숙주볶음이 제대로 된 모습으로 나왔다. 숙주에 문제가 있었다면서 사과를 하고 서비스로 문어 한 접시를 갖다준다. 나는 이럴 때 낯붉히는 게 두려워서 항의하지 않고 그 식당을 다시는 가지 않는다. 내게 제명될 식당을 후배가 구해준 셈이다.

오래 전, 친구들과 해수욕장에 갔을 때다. 내가 수박을 사왔는데 속이 덜 익어 씨가 허옜다. 나는 버리고 말자고 했는데 친구가 반으로 쩍 갈라진 수박을 들고 수박가게로 갔다. 그 당시 유원지에서 장사하는 사람들은 왠지 거칠고 무서웠다. 친구는 큰소리도 내지 않고 조곤조곤 따지더니 더 크고 잘 익은 수박으로 바꿔왔다. 이 친구는 매사에 야무져서 지금도 나를 경탄하게 한다.

나는 늘 경탄만 하고 학습이 안 된다. 타고난 허술함은 쉬이 조여지지 않는다. 여행 중에 기념품가게에서 앙증맞은 열쇠고리를 내가 만 원에 3개를 사온 후에 다음 사람은 만 원에 5개를 사온 적도 있다. 허술한 내 소비는 선의 없이 봉이 되기도 한다.

고객은 봉이거나 왕이다. 예전엔 고객이 봉이었지만 지금은 고객이 왕인 시대가 되었다. 각종 서비스센터에 가면 넘치게 친절하다. 대기업 고객센터에서 근무하던 지인의 딸이 몇 달 만에 병이 났다. 불만 접수를 하는데 대뜸 반말과 욕설을 퍼부으며 인격모욕에 성희롱까지 하는, 자신을 왕으로 착각하는 '고객님' 때문이란다.

일본 전자제품매장의 판매직원이 쓴『그래도 고객이 왕입니까?』는 매장에서 무릎 꿇고 사과하게 하는 고객, 개념 없는 진상고객들을 만난 체험담이다. 책으로 묶을 만한 가치는 의심스럽지만, 양쪽 입장 모두 반성과 통찰할 거리는 있다.

'손님이 왕이다'라고 처음 슬로건을 내건 호텔 경영인 세자르 리츠, 당시 그가 상대한 고객은 실제 귀족과 왕족이었다. 그들의 처신은 항상 옳았다는 것이 그의 경영이념이었다. 그러고 보면 그때 왕이나 귀족에게는 그들만의 도덕과 품위가 있었다는 말이다. 이후에는 백화점 왕인 존 워너메이커가 '고객은 왕이다. 고객은 항상 옳다'며 리츠의 말을 차용했다. 하지만 여기에도 합당한 값을 지불해야 한다. 왕 대접을 받을 수 있는 금액에는 상호존중이 필수다.

우리나라 조선시대에도 왕은 수라상을 받을 때 전국에서 온 산해진미 앞에서 생산지 백성들의 안부를 묻고 감사를 표했다고 한다. 나라에 변고가 있거나 흉년이 들면 반찬의 가짓수를 줄이고 고기반찬을 금했다고 한다. 왕의 위엄에는 애민정신이 있다.

가끔 봉이 되고 때로는 왕 대접을 받으며 우리의 소비생활은 이어질 것이다. 끊임없이 계속될 이 거래에는 책무의 도뿐 아니라 상대에 대한 배려의 도가 있어야 한다. 머리로만 도를 중시하는 나는 실은 비겁하고 게으른 소비자다.

2020, 재난일기

2월 7일

딸의 성당봉사 교사연수 2박 3일이 연기되었다. 그때 손자들을 봐주기로 했는데 아쉽다. 감염병 위기경보, 경계 단계다.

2월 12일

친구 부부와 오래 전에 예약해둔 〈여명의 눈동자〉를 보러갔다. 식당과 카페가 한산하다. 자연스럽게 거리두기가 되었다. 세종문화회관은 한 쪽 입구만 열고, 손 소독제와 마스크를 준비해두었다. 객석이 절반 정도 찼다.

일제강점기와 해방, 신탁통치, 한국전쟁 직후의 격변기를 치열하게 살아낸 이들의 이야기다. 역사의 흐름, 그 앞장에 선 사람은 역류에 휘말리기도 한다. 그러나 그들의 용기와 희생으로 역사는 앞으로 나아간다. 뮤지컬 〈여명의 눈동자〉는 기립박수를 받을 만했다.

우리나라에서 '코로나19'로 죽은 사람은 아직 없다. 새롭고 강한 독감이 아닌가. 미래의 전쟁은 바이러스 전쟁이라고 예고했다. 감염된 자의 사투와 감염되지 않은 자의 사투, 그렇더라도 인류가 멸종하는 데는 긴 시간이 필요하다

대책 없는 낙관이 내 지병이다.

2월 13일

'월하오작月下五酌' 비정기적으로 문우 다섯이 만난다.

거리에는 마스크를 쓴 사람과 안 쓴 사람의 비율이 비슷했다. 밀폐된 공간이 아닐 때는 심하게 긴장할 필요는 없을 듯. 오후 4시, 어정쩡한 시간의 식당은 한가로웠다. 조심스러운 분위기 속에서도 모임의 이름값을 했다. 좀 떨어져 앉아서 속엣말까지 나누었다.

2월 23일

'성남민예총 간부 워크숍'

지난 주까지 심각하게 생각하지 않았는데 20일에 첫 사망자가 나오고, 대구 신천지교회로 인해 감염병이 창궐했다. 불안지수가 높아가고 있는 터라 조심스러운 모임이다. 모두 마스크를 쓰고 한 자리 건너 앉아서 올해 행사에 대한 각 분과별 준비회의를 했다.

오늘의 수확 중 하나는 영화 〈바르다가 사랑한 얼굴들〉을 보고 토론을 한 것이다. 88세 아네스 바르다와 33세 사진작가 JR이 감독, 주

연한 다큐다. 자연, 노동, 생명을 소중히 여기고, 소외된 곳의 사람과 풍경에 경의를 보내는 메지지가 스며 있다. 두 예술가는 카메라 트럭을 타고 프랑스 지방과 해안도로를 달린다. 떨어져 앉은 뒷모습과 느린 대화, 말을 건네는 자연 배경이 멋지다.

마음의 거리와 몸의 거리를 생각하며, 사회적 거리두기와도 잘 맞는다.

2월 26일

모든 문화강좌와 스포츠강습이 휴강되었다. 오래 다닌 수필반과 이제 시작한 라인댄스도 발이 묶였다. 사태가 좀 심각하게 다가온다.

졸지에 수입이 없어진 사람이 많다. 딸도 그 중 하나다. 보편적 기본소득과 기초생활자의 재난수당 이야기가 나온다.

2월 27일

한 달에 한번 만나 합평을 하는 '시인회의' 모임이 취소되었다. 그래, 마음을 느긋하게 먹자. 다음 달이면 만나겠지. 재난 중에 간절함을 담아, 영감靈感님의 기척을 기다려본다. 재난 중에도 수확을 바라는 이기심이라니.

2월 28일

'The 수필' 선정모임, 3개월에 한번 하는 정기모임이 취소되었다.

특별히 건의할 것이 없으면서 아쉬운 마음이 든다.

'대구는 지금 집 밖을 못 나오고 먹을 것도 없다 살려달라'는 문자가 떴다. '의사·간호사 등 490명이 대구로 간다는 코로나19 의료봉사 지원' 뉴스를 금방 봤는데…. 서로 가짜뉴스라며 자신이 믿고 싶은 쪽으로 기운다.

대구에 사는 문우 C에게 전화를 했다. 마스크 쓰고 한산해진 동네를 산책 중이라고 한다. 식구들이 집에 있으니 밥 세끼 차리는 일이 힘들다고 한다. 다 지나가겠지요. 담담한 어조로 말한다.

약국 앞을 보니 마스크를 사기 위해 사람들이 긴 줄을 섰다. 매일 출근하는 사람들은 정말 힘들겠다. 내 마스크는 빨아 쓰는 것으로 하고, 미세먼지용 마스크도 있으니 급한 사람을 위해 마스크 사는 일은 미루기로 한다.

2월 29일

이종동생이 픽업하러 왔다. 승용차로 이모 댁으로 향하는 중, 도경계를 넘을 때마다 문자가 온다.

— 성남시 (코로나19 확진자 2명 추가 발생 (총 3명) 추후 이동 동선 공지 예정)

— 평택시 (관내 마스크 판매계획 현황)

— 충청남도청 (코로나19 감염 방지를 위해 집단시설 모임, 운동센

터 등 밀폐된 공간에서의 실내활동 자제해주시기 바랍니다.)

— 남원시 (코로나 확진자 없음을 알려드림. 발열, 기침 등 호흡기 증상이 있는 분은 보건소 상담바랍니다.)

— 전라북도청 (도내 확진자의 방문 장소 소독을 모두 마쳤습니다. 소독 후 안전하므로 도민들의 응원 부탁드립니다.)

— 거창군청 (1인당 2매 마스크 배부 예정이었으나, 정부의 마스크 공적판매 방침으로 변경되었음을 양해바랍니다.)

스마트폰은 위치추적기가 달린 개목걸이다. 확진자는 물론이고 우리 모두의 동선이 드러난다. 위험을 막는 보호막이면서도 개인정보 노출이다. 이 가차 없는 투명성, 정보력이 논란이 되기도 한다. 은밀히 움직일 일 없음이 다행인가.

혼자 계신 이모는 반가워 얼굴이 반짝거린다. 동생은 들어서자마자 이모가 준비해둔 밥상을 차린다. 냉이나물, 우엉조림, 고사리나물, 씀바귀나물. 조기구이. 밤, 콩, 곶감을 넣은 찰밥, 밥만 먹어도 꿀맛이다.

이모는 요즘 마을회관과 교회를 못 가서 갑갑하다고 하신다. 차를 타고 나가 상림 숲을 걸었다. 가는 비가 오니 나무들이 간지럼을 타는지 쏘삭거린다. 멀리 사람이 한둘 보이는데 모두 마스크를 썼다. 이 청정지역을 맘껏 호흡하지 못하는 마스크가 장애물이다. 숲을 한 바퀴 걷고 돌아와 먼먼 이야기를 하다가 이모 곁에서 엄마 품인 양

단잠을 잤다.

3월 11일

크고 작은 모임이 모두 취소, 연기되었다.

더 많이 읽으며 혼자 놀아야 한다. 한때는 열렬히 소망했던 시간이 아닌가.

며칠 걸려 이븐 할둔의 『역사서설』을 읽었다. 역사학을 바탕으로 정치, 경제, 사회, 철학, 신학, 교육을 아우르고 있다. 역사는 반복된다. 수정하고 개편되지만 큰 틀은 바뀌지 않는다. '왕조는 어떻게 붕괴하는가', '도회문화는 문명의 절정이자 성장의 종말이며 퇴락의 징후이다' 14세기 당대를 넘어서 지금도 유효하다.

이 재난과도 겹쳐진다. 문명이라고 말하는 이기가 과하면 탈이 난다.

3월 23일

애덤스미스의 『도덕감정론』을 읽었다.

'도덕감정론의 저자, 여기 잠들다' 지구에서 67년을 살다간 그의 묘비명를 보면 자신을 유명하게 한 『국부론』보다 『도덕감정론』을 더 아꼈나보다. 이 책은 오랫동안 침대에서 함께 기거했다. 수면유도용이 되기도 하고, 한밤중에 잠이 깨면 스탠드를 켜고 읽기도 했다. 2세기가 넘는 시차에도 불구하고 그의 주장은 공감과 동류의식을 불러일

으킨다. 인간의 감정을 분석하면서 간간이 드러나는 시니컬한 눈길과 역설이 재미있다.

우주만물은 신에 의해 만들어졌으나, 그 후는 독자의 법칙에 의해 움직인다는 것이다. 시계를 만든 자와 시간의 관계처럼.

이 지구는 신이 손을 놓아버려서 바이러스가 창궐하는 것인지, 인간 스스로 신이 되려는 만행의 경종인지. 그럼에도 인간은 재난에서 가르침을 건져올릴 것이다.

4월 1일

친구들 카톡이 요란하다. K는 미국에 있는 아들에게 화장지 36롤을 부치는 데 21만 원이 들었다고 한다. 우체국에 가니 비행기가 잘 뜨지 않아 샌프란시스코까지 2~3주 걸린다고 해서 미주 전문 익스프레스에 가서 부쳤단다. 마스크는 따로 부쳐야 하고 한 달에 8장, 그것도 부모자식 관계만 보낼 수 있단다.

캐나다에 사는 친구는 공원이며 놀이터, 주차장에 테이프를 감아 놓아서 공포분위기란다. 확진자의 동선을 확인할 수 없는 궁여지책이다. 친구는 밥맛도 잃고 불안에 떨고 있다.

세계 여러 나라가 공항을 폐쇄하고, 거리는 봉쇄되고, 슈퍼마켓이 비어 있다는 뉴스를 보니 기가 막힌다. 미국과 유럽이 더 이상 우리가 선망하던 선진국이 아니다. 글로벌 리더 미국은 낯 뜨거운 어린 짓을 해대고, 선진국 유럽도 우왕좌왕한다. 경제대국 일본도 방호복이 부족해서 교사들이 비닐 쓰레기봉투를 오려서 병원에 보내고, 시민들에게 방호복 대용으로 입을 비옷을 기증해주길 호소하고 있다.

우리는 어려움 앞에서 더 어려운 사람을 배려하고, 질서를 지키고, 봉사에 나서는 모습을 흔하게 본다. 우리가 몰랐던 우리의 문화저력을 재발견한다.

4월 10일

21대 국회의원 사전투표 첫날, 모두 마스크를 하고 투표장 입구에서 열 체크를 하고 손 소독제를 사용하고 비닐장갑을 낀다. 마스크를 잠깐 내리고 본인 확인을 하고 두 장의 투표용지를 받는다. 투표를 한 후 함에 넣고, 1m 거리를 유지하며 비닐장갑을 벗고 나온다. 우리의 이런 모습을 세계가 지켜본다는 생각이 든다.

나온 김에 어머니와 엄마의 납골묘에 다녀왔다. 원래도 조용하던 곳이니, 멀리 한두 명 보이고 한가롭다. 꽃나무가 지천인 산과 들엔 봄이 가득하다.

요양원에 계신 아버님 면회도 절대사절이다. 면역력을 높이기 위해 영양제를 공급하고 있다는 문자가 온다. 마음 한구석이 무겁다. 나의 내일이다.

봄바람에 꽃비가 눈처럼 날린다. 언제쯤 저렇게 가뿐해질까.

4월 19일

제주에 사는 친구 딸 결혼식에 다녀왔다.

공항에서부터 바람이 먼저 반긴다. 제주의 확진자 13명은 모두 육지에 다녀온 사람이고, 이곳은 공기가 좋아 전염되지 않는다며 자랑한다.

코로나19는 결혼식 풍속도 바꿔놓았다. 신부가 선생인데 학생들이 집에서 축하영상을 만들었다. 보컬도 각자 연주하고, 동영상을 통해 전하는 인사말이 뭉클했다. 이 재난이 새로운 문화를 만들 수 있겠다는 생각이 들었다. 관광은 포기하고 얼른 돌아왔다.

4월 21일

발달한 문명은 바이러스를 삽시에 확산시켰다. 재앙은 한 나라의 일이 아니라 전 세계의 고통으로 번져, 팬데믹이라는 새로운 용어를 알게 했다. 국경을 넘나드는 바이러스 때문에 나라마다 자국민 보호를 우선한다며 서둘러 공항을 폐쇄하고 민낯을 드러냈다.

세계의 공장 절반 이상이 멈추고 자동차 배기가스가 줄어드니 하늘이 맑아졌다. 재난 이전과 이후, 우리의 삶이 바뀔 것이라는 전망이 분분하다. 인류 역사에 굵은 줄을 더할 '코로나19', 이로 인해 디지털혁명 시대의 신인류, 포노 사피엔스가 지배하는 세상이 다가옴을 느낀다. 생각의 표준이 바뀔 듯하다.

밖으로 향한 문이 좁아지면서 안으로 깊어지는 것을 경험하기도 했다. 작아져도 괜찮은, 아니 작아져서 더 넉넉한 회귀를 생각해본다.

5월 4일

아버님께서 요양원 생활 11개월 만에 영면하셨다. 마스크를 쓴 채로 조문을 받고, 마스크를 쓰고 인사를 건넸다.

아버님의 누님인 97세 고모님께 "서운하시죠" 했더니 "시원하다"고 하신다.

환란 중의 삶은 이렇듯 무겁고 난해하다.

그러려니

그의 좌우명이라고 한다.

세상 돌아가는 것이 뭔가 못마땅하다는 자조가 서려 있다. 곧 다가오는 노년의 처세로 적당하다고 맞장구를 쳤지만 부르르 끓는 그의 성격으로 봐서 좌우명을 제대로 지킬지 의심스럽다. 그는 어제 저녁에도 내 말을 끝까지 들어보지도 않고 큰소리를 냈다. 아침이 되자 멋쩍은지 내게 "그러려니 해"라고 한다.

남편이 매일 술 마시며 늦게 들어와도, 아이들이 바빠서 안부 전화조차 하지 않아도, 어머니가 오래 전 사건을 지금 일로 착각하며 성화를 하셔도, 90세 아버님이 담배를 여전히 피우시는 것도 그러려니 할 수 있다. 아파트 관리비가 야금야금 올라도 국제원유가 떨어졌다는데 국내 기름값이 내리지 않아도, 조금 숨을 길게 쉬면서 그러려니 하고 넘어갈 수 있다.

그러나 신문을 보면서 '그러려니' 할 수 없을 때가 많다.

부산에서 70대 할머니가 백만 원을 장학금으로 내놨다. 기초생활 보호 대상자인 할머니가 매월 자신이 받는 주거급여, 노령연금 55만 원 가운데서 모은 것이라고 한다. 그 돈을 모으기 위해 참았을 갈증과 식욕과 남루가 그려진다. 자신을 위해 돈을 쓰지 못하는 어른을 떠올리며 존경심보다는 안타까운 마음이 든다. 성실한 어른들의 희생과 불굴의 의지로 우리가 여기까지 왔다. 이제 누구보다 그 자신들을 위무해야 할 때다. 기부 같은 건 부자들이나 해야 한다고 생각했는데…. 그러려니 하려니 마음이 찔린다.

칼에 베이지 않고 망치로 내리쳐도 다치지 않는 캐나다산 특수 장갑이 나왔단다. 8만 원이라는 이 장갑을 소방관에게 지급하라는 여론이 SNS 상에 들끓고 있다. 왜 이런 일을 국민이 걱정해야 하는지. 소방관의 월급이 박봉이라는 건 이미 아는 사실이다. 사명감만으로 견디라고 하기는 민망하다. 목숨을 걸고 하는 일에 맞는 처우가 시급하다. 그러려니 하려니 속이 탄다.

일본 정부가 '일본군 위안부의 강제연행은 확인되지 않았다'는 공식입장을 유엔에 제출했다. 여기에 지난해 '최종적 불가역적 해결'이라는 한일 일본군 위안부 합의문까지 첨부했다고 한다. 저 파렴치를 어쩌나. 위안부 유네스코 세계문화유산 등재를 중국과 함께 추진하다가 우리 정부는 왜 이런 합의를 했을까. 위안부 할머니들을 더 참혹하게 만드는 10억 엔 보상이라니. 굴욕을 넘어 허탈하다. 정부가 합의한 일에 가타부타 말할 건 아니라지만 그러려니 할 수 없는 일이다. 내 손이 미치지 않는 곳을 향해 눈총만 쏜다.

미래학자 앨빈 토플러는 『부의 미래』에서 속도가 가장 느린 집단이 정치가라고 했다. 기업이 100마일로 달릴 때 정부와 관료조직은 3~5마일을 달린다고 했다. 그런데 속도뿐 아니라 방향도 문제니 어쩌나.

작년에 프라하에 갔을 때 교민 이 선생이 말했다. 해외에 나와서 보니 친정이 잘 살아야 힘이 된다고. 그런데 그 친정이 문턱 높은 대사관이 아니라 선전하는 기업과 기업정신을 받치고 있는 헌신적인 노동자들이라고 한다. 체코항공의 53% 지분이 대한항공 것이라서 프라하 공항에 '출국' '도착'이 한글로 써 있다. 속도를 내는 기업의 경제력이 애국이다. 거북이걸음에서 아예 뒷걸음질치는 일들을 그러려니 하게 될까 두렵다.

세상은 우리가 생각하는 것보다 빨리 발전한다. 좋아진 세상에서도 그늘은 여전히 존재한다. 아니 햇살은 지나치게 강렬하고 그늘은 더욱 어둡고 추워졌다. 금수저 흙수저 계급론은 우울하지만 현실이다. 개천에서 용이 나오는 건 고전이 되었다. 민주화된 대명천지에서 부의 세습과 권력의 세습, 지식의 세습까지 조용히 이루어지고 있다. 뛰어넘을 수도 다가갈 수도 없는 그러려니다.

쌍용자동차 해고노동자 18명이 7년 만에 출근을 한다. 하늘 가까이 높은 곳에서 투쟁하던 영상이 오래도록 가슴에 남아 있었다. 그 지난한 시간을 헤아리니 눈물겹게 장하다. 부당함에 굴하지 않는 사투, 굴종의 그러려니를 이겨낸 투쟁의 승리다. 어찌할 수 없는 계급론 앞에서도 작은 힘들이 뭉쳐 새 역사가 만들어진다.

'그러려니'는 체념과 포기를 너그러움으로 포장하고 있다. 인간은 변하지 않는다는 냉혹한 신념이 서려 있다. 사람은 상대의 말로는 변하지 않는다. 다만 스스로 쿵, 하는 각성이 있어야만 변화한다. 정색하고 따져야 할 일들에서 힘을 빼려고 마음먹었지만 쉽지 않다. 쉽게 변하지 않을 부당한 정책과 제도, 관습에 대해 끊임없이 채근해야 하는 의무가 있다.

충격을 줄이기 위해 또 다른 '그러려니'를 찾는다. 상대를 있는 그대로 인정하고 이해와 관용을 담는다. 말랑말랑한 사람이 내 노년의 희망사항이라고 했지만 아직 순해지지 않은 걸 보면 시간이 더 필요한 모양이다. 변하는 세태를 모르는 간 큰 남편과 살아내려면 내가 먼저 빼석대는 풀기를 거두어야 한다. 상처받지 않으려고 물러나는 시간이 많아졌다. 가정의 평화를 위한다는 미명이지만 실은 그러려니를 앞세운 직무유기인지도 모른다.

사는 일이 긴 줄넘기 놀이 같다. 빠른 판단과 순발력이 필요하다. 둥근 원 안으로 들어갈 때와 나올 때, 호흡을 야물게 맞춰야 한다. 큰 흐름에서 한번 이탈하면 다음 수순을 따라잡기 힘들다. 순방향에 서든, 역방향을 택하든 삶은 예전보다 길어졌다. 끝까지 잘 살아내려면 최후의 무기인 몸을 다스리고, 최고의 무기인 정신의 날을 갈아야 한다. 너무 날카로워 위험하지 않게, 너무 무디어 어리석지도 않게.

신문을 보고도 흥분하지 않을 시간이 올까. 그러려니 하면서 씁쓸하게 고개만 주억거릴 날을 생각하면 뼛속에서 바람이 인다.

그의 '그러려니'가 안으로 팽팽하고 밖으로 느슨할 수 있기를.

술, 여럿이 혼자서

유리창에 '낮술, 혼술 환영'이란 문구가 붙어 있다. 행사를 마치고 같은 방향으로 오던 셋이서 '한잔만' 하며 들어간 술집이다. 혼자 창밖을 보고 앉을 수 있는 자리와 테이블이 대여섯 개로 아담하다. 정면에 오래된 LP판이 빽빽하게 줄 서 있고 옛날식으로 신청곡도 받으며, 한쪽에는 내가 입던 고등학교 교복과 남학생 교복, 교련복이 걸려 있다. 그때 즐기던 음악이 흘러나오고 벽에 붙은 그 시절 촌티 나는 영화 포스터에 웃음을 짓는다.

단정하게 생긴 젊은 주인은 남학생 교복을 입고 팔에는 노란 전교회장 완장을 차고 서빙을 한다. 완장, 이것도 요즘 볼 수 없는 물건이다. 그 시대의 완장의 힘을 생각하고는 싱겁게 웃으며 다시 고등학생이 된 듯 마음이 풋풋해진다.

각자 취향대로 맥주와 청하와 따끈한 사케를 마셨다. 상대의 잔이 비었는지 서로 신경 쓰지 않고 각자 알아서 주량만큼 마신다. 같이 있으면서도 왠지 합일이 안 되는 풍경이지만, 언제부터인가 이 방식을 자연스럽게 받아들였다. 함께 마시면서도 서로를 존중하며 또 홀로 즐기는 주법이다.

혼술의 원조는 이백이 아닐까 싶다. 달빛 아래서 달과 그림자와 벗하여 홀로 마시며, 하늘과 땅이 술을 사랑하였으니 내가 술을 사랑하는 건 부끄러운 일이 아니라고 하며, 청주는 성인에 비하고 탁주는 현자와 같아 그들을 마셨으니 신선이 되려는지, 술 석 잔이면 도를 깨달을 수 있고, 술 한 말이면 자연과 하나 된다며, 홀로 술 마시는 즐거움을 노래한다. 이백의 「월하독작月下獨酌」을 읽으며 어느새 나도 둥둥 풍류에 취한다.

샘에 물이 천천히 고이듯 혼자 고요히 자신을 들여다보는 시간이 필요하다. 그러나 나는 아직 혼술의 즐거움을 모른다. 혼자 마시는 술을 생각하니 왠지 훌쩍훌쩍, 소리가 난다. 대취하면 챙겨줄 친구가 없으니 과하게 마시지 않을 듯하다. 그러고 보면 나는 술 자체를 좋아하는 게 아니라 그 언저리의 것들을 즐기는가보다. 술이 빠지는 모임도 좋고, 술과 함께하는 모임도 좋아한다. 술이 빠지는 모임은 실수거리가 없지만 끈끈함도 적다.

취중진담은 비겁한 만용인지도 모른다. 평소 소극적이며 점잖은 사람 중에 술버릇 나쁜 사람은 억제된 감정이 표출되기 때문이다. 점잖다는 것은 절제된 감정을 유지해야 하는 부담감이 있기에 긴장이 더 많을 것이다.

용기가 필요한 순간에, 일상의 틀을 벗어버리고 싶을 때, 자신 속에 침잠하고 싶을 때 취하고 싶다. 취하면 단순하고 솔직해진다. 방어 메커니즘이 느슨해져서 에고를 무장해제시키는 일은 술이 가장 쉽고 빠르다. 살짝 취해 몸에 힘이 빠져나가기 시작하면 실실 웃음이 나온다. 목소리가 커지고 마음은 둥실 허공에 뜬다. 내 힘으로 할 수 없는 일에서 놓여나고 싶을 때도 도움이 된다.

취기에 어울리는 시간이 저녁이라는 것도 잊어야 한다. 낮술을 권하는 시인이 있다. 낮술 몇 잔을 마시고 나면 눈이 밝아지면서 세상이 환해지고 햇살이 황홀해지며 밤술에 없는 그 무엇이 있다고 한다. 시인의 강력한 추임새에 나도 태양 아래서 낮술을 마셔보니 쉬이 취하는 속성이 있고, 환하게 남은 햇살로 황홀해지지는 않았지만 시간이 여유로운 건 좋은 일이다.

쌓아두기만 하면 썩을 수밖에 없는 속내를 넘치기 전에 취기를 핑계 삼아서 조금씩 흘려보내야 한다. 풀어놓으므로 해방되는, 쏟아내면서 넉넉해지는 것이 있다. 가볍게 사는 것 때로는 얕은 재미에 빠지는 것은 건강한 정신을 위해서 좋다.

술을 통해 하나가 되는 의식이 있다. 신입사원의 신고식, 새내기들의 사발식이다. 술을 통해 서로 탐색하는 기간을 줄이고 단시간 내에 동류의식을 키운다. 하지만 이것도 옛 이야기다. 강제로 술을 마시게 하는 시절은 지났다. 요즘 대학과 군대에서도 강제로 술을 권하지는 않는다. 강요사항이었던 시절이 규율도 잘 잡히고 군기도 세었다며 그리워하기도 한다. 요즘은 직원단합식도 공연관람 같은 문화행사로 대체하며 취하는 걸 거부하기도 한다. 명석하고 감정이 분명한 세대답다. 하기는 제대로 술을 마시려면 끼리끼리 속닥하게 마셔야 한다.

일찍이 조지훈은 주격을 18단계로 나누었다. 술을 못 마시지는 않으나 안 마시는 사람을 9급 불주라 하며 가장 하위에 둔다. 색주는 성생활을 위해 술을 마시며, 반주는 밥맛을 돋우기 위해서 마신다. 이는 모두 초보의 단계다. 초급에 이르러서야 학주, 술의 진경을 배운다. 초단은 무리를 지어 술을 취미로 마시는 주도며, 주도삼매에 든 사람은 술을 마셔도 그만 안 마셔도 그만 술과 더불어 유유자적하는 주성酒聖, 이는 술의 맛과 멋을 아는 최고의 경지다. 마지막 단계는 9단, 명인급으로 폐주, 열반주라 하며 술로 인해 저세상으로 떠난 사람을 이른다.

요즘 나는 마셔도 안 마셔도 그만인 걸 보면 나도 모르는 사이 '주도삼매'에 이르렀나보다. 술의 맛과 멋도 모르면서 실없이 통 큰 척하는 것도 술을 친하게 여긴 덕분이 아니겠는가. 감정을 증폭시키는 힘을 가진 술은 우리 몸에 어느 정도 필요하다. 슬플 때 마시는 술은 슬픔의 감정을 배로 심화시키고, 기쁠 때 마시는 술은 기쁨을 배로 늘려준다. 우울하거나 화나거나 억울한 일이 있을 때 심연까지 빠졌다 나오면 속이 잠시 괴로워도 머리는 가볍고 맑아지기도 한다.

취했을 때 아름다운 사람을 최고로 친다는 한창훈 작가의 말에 무률을 친다. 홍취가 솟아났는데 부드럽고 조심스럽다면 그와 평생 친구가 될 자격이 있다. 이는 술에 휘둘리지 않고 술을 거느리며 함께 노니는 사람이다.

권장의 검은색 교복에 '노갈휘'라는 명찰이 눈길을 끈다. 안주의 주종이 노가리라는 뜻이겠지만 그 시절 입담 좋은 친구한테 노가리 잘 푼다고 했다. 그 입담 좋던 친구들도 여지없이 함께 늙어간다. 하얀 칼라 위에 귀밑 1센티로 자르던 단발머리 시절이 그리운가. 까까머리에 남학생들도 '빳다'를 맞던 그 시절이 그리운 건가. 교복 입고 접대하는 이 술집이 살갑게 느껴진다.

그날도 난 술에 취하지 못하고 배만 불렀지만, 교복 입던 시절에 취해서 얼굴이 불콰했다.

신풍속도

조카가 우리 부부를 집으로 초대했다. 제 형과 사촌 부부도 함께. 고모라고 해야 10년 남짓 차이나니 조카들 모임에 끼워준 거다. 뷔페 음식으로 준비한 상차림은 산뜻하고 푸짐했다. 손님을 초대하면서 노동을 최소화한다. 집들이를 해도 식사는 식당에서 하고 다과만 집에서 하는 게 다반사다. 이건 오래된 신풍속이다.

요즘은 코로나19로 인한 사회적 거리두기로 음식점과 카페로 돌던 모임을 집에서 한다. 자발적으로 하지 못했던 소박한 삶으로 회귀하는 느낌이 들기도 한다.

명절에나 만나게 되는 시어른도 부담스러운 세상에 조카와 조카며느리들도 나이가 드는 걸까. 휴식이 필요하다나, 그 휴식의 자리에 불러준 걸 보면 나는 시어른이 아닌 거다. 만만한 고모인 게 좋다. 앞으로 분기별로 돌아가며 집에서 모이기로 했다.

말끔하게 정리된 베란다 한가운데 킹벤자민 나무가 있다. 나무 가지에 강아지 사진이 주렁주렁 걸려 있다. 16년을 같이 살다 죽은 강아지 '사랑이'의 수목장이라고 한다. 내 눈엔 다 같은 사진인데 온갖 표정에 마음을 쏟으며 설명을 한다. 화단 양 옆에 있는 다육이나 다른 꽃나무들은 모두 사랑이 나무의 들러리 같다. 사랑을 듬뿍 받아서인지 푸르싱싱한 나뭇잎이 당당해 보인다.

그러고 보니 조카들 대화 중에는 개와 고양이 이야기가 많이 차지한다. 개를 자유롭게 키우기 위해 마당 있는 집을 장만한 장조카는 진돗개 세 마리와 고양이 네 마리를 키우고, 조카며느리는 집을 나설 때면 길고양이 먹이를 챙겨들고 다닌단다. 조카의 꿈이 경제활동에서 벗어나면, 산자락 하나 사서 버려진 개 50마리 정도에게 밥 주는 것이라고 한다. 하긴 우리 아들네도 개 한 마리와 고양이 두 마리를 키웠다. 며느리는 길고양이 먹이를 주는 모임에 나간다고 한다. 딸네 집에도 길고양이가 따라와서 들였는데, 그 고양이는 우리가 가면 깊이 숨어서 안 나온다. 아직 불안하거나 도도한 습성이 있는 거다. 아들네 고양이는 우리에게 다가와서 부비는 걸 보면 개의 친근성을 익힌 고양이, 개냥이다.

며칠 전 탄천에서 중학생쯤 되어 보이는 아이가 강아지를 데리고 걷는 걸 보았다. 앞서 가던 할아버지 쪽으로 강아지가 바짝 가니 할아버지가 겁이 났는지 귀찮았는지 발로 차는 시늉을 하셨다. 아이가 할아버지에게 "우리 똘이 놀랬잖아요. 똘이한테 사과하세요" 하며 길을 막는다. 할아버지는 어이없는 웃음을 지으며 한참 혀를 차다 가셨다.

산책하다 보면 개에게 알록달록 깔맞춤한 옷을 입히고, 마스크를 씌운 것을 본다. 비가 오면 비옷을 입히고, 때론 유모차에 떠억 앉아 있는 개도 만난다. 특별히 눈길을 끄는 개를 만나면 지나가던 사람들이 남의 집 아기에게 하듯 예쁘다며 인사도 건넨다.

영화 〈내 어깨 위 고양이, 밥〉이 떠오른다. 거리에서 노래를 부르며 노숙을 하던 청년이 길고양이를 만나면서 인생전환을 맞는 실화다. 반려동물을 키우는 사람들의 공통점은 소통에 있는 듯하다. 말보다 진한 교류라고 할까. 그들은 서로의 마음과 상황을 인지한다는 믿음이 있다. 말 못하는 것들과의 유대가 애틋하다.

개와 고양이의 재롱을 보는 것보다 병수발하는 대목에서 나는 귀를 더 세우게 된다. 측은지심을 바탕으로 한 생명사랑이다. 우리 집 위층에 다리가 하나 없는 얼룩무늬 큰 개가 있다. 그 주인은 아침마다 운동을 시키며, 극진히 사랑을 쏟는다. 멀리서 바라보면 왠지 마음이 저릿해지며 그 분께 고개를 숙이게 된다.

조카들의 동물사랑을 보니 이들이 나보다 마음 그릇이 큰 거다. 그러니 고모에게도 관심을 나누는 거 아닌가. 내게도 시고모님이 두 분 계시다. 나이 차이가 상당해서 정기 모임은 어림없지만, 안부 전화나 인사도 내가 할 때보다 받을 때가 더 많다. 사람살이에 한가롭지 못하니 동물사랑까지는 언감생심이다.

집안에서 똥오줌을 누지 않는 개들이 있다. 개의 습성을 잃지 않은 영리한 개다. 주인은 아무리 바쁜 일이 있어도 개를 위해 하루 한두 번 용변봉투를 들고 함께 밖으로 나가야 한다. 산책길에 많이 만나는 이 모습은 개가 주인을 운동시키는 건지도 모른다.

동물은 자신의 죽음을 안다고 한다. 죽음이 다가오면 남의 눈에 띄지 않는 곳에 가서 마지막을 홀로 맞이한다는데, 나는 걱정이 된다. 인간의 가족이 된 동물은 그런 본능을 발휘하지 못할 테니 말이다. 요즘 사람들이 병들면 호스를 주렁주렁 달고 연명하듯이 반려동물에게도 온갖 의료행위를 하며 연명시킨다. 많은 돈을 들이고 그 안타까운 시간을 겪는 과정은 가족과 같다. 아니, 집안에 들인 개의 수목장을 보니 피붙이에게보다 더 극진하다는 느낌이 든다.

어쨌거나 나는 멀리서 바라보는 것으로 족하다. 나는 이들이 말하는 이 아이들, 개나 고양이가 주는 기쁨을 모르고 사는 거다. 세상엔 내가 모르는 일이 참으로 많다.

청춘과 꼰대

오래 전, 셋째오빠는 아버지가 없을 때 아버지를 '꼰대'라고 칭했다. 어렸던 나는 왠지 면구스러웠고 나이가 들면 모두 꼰대가 되는 줄 알았다.

성남 문화예술비평지 『창』에서 꼰대마인드가 나라를 망쳤다는 비평문을 읽으며 언짢은 기분이 드는 걸 보니 나도 꼰대가 되었나보다. 불쾌하면서도 고개가 끄덕여지는 대목이 많다. 꼰대의 특징은 권위를 추종하고 사람 사이에 지켜야 할 거리를 무시하고 상대가 요구하지 않아도 마구 조언을 날린다. 체험으로 알아낸 지혜는 확고하여 누군가 토를 달면 불쾌해하며, 자신이 연륜을 통해 세상의 이치를 통달한 듯 행동한다.

지난 두 계절 동안 우리 사회는 극단을 치달렸다. 친구끼리도 마음 상하는 일이 많았다. 한쪽은 이념에 치우쳐 현실을 바로 보지 못한다며 답답해하고, 또 다른 쪽은 변화를 두려워하며 기득권을 놓지 못하는 안일한 처사라고 비난했다. 서로를 향한 과격하고 원색적인 말펀치와 글망치는 분명 꼰대짓이었다.

우리의 민주주의 이력은 짧다. 양담배를 피운다고 감옥에 가고, 미니스커트 장발을 단속받고, 예술과 언론이 검열 당하고 통제되고, 부정선거도 묻히는 시간을 건너왔다. 세상은 빠르게 좋아져서, 우리의 민주나무는 그럴싸한 모양새를 갖추기도 했다. 그러나 둥치가 굵어지기도 전에 악충이 극성이다. 세월에 맞는 관록이 붙기 전에 지독한 때가 끼었다. 굳어버린 때를 벗기기 위해 필요한 비는 우리의 바람과 상관없이 폭우가 되었다. 삽시간에 사방이 어두워졌다.

촛불을 들고 나간 이들이나 태극기를 들고 나간 그들도 바르고 맑은 사회, 상식이 통하는 세상을 바라는 건 같을 것이다. 기대하지 않던 사람도 바른 말과 행동을 하면 박수를 보내야 하고, 정의롭다고 생각했던 사람도 불의와 손잡으면 비판해야 한다. 믿음이 무너지면 바뀌는 게 마땅하다. 하지만 골수에 박힌 생각을 바꾸기는 어렵다. 그걸 '지조론'에 빗대는 친구를 보면서 나는 난감했다. '염결공정하고 청백강의한 지사' 지금 우리가 지도자와 정치인에게 바라는 지조는 이토록 삼엄한 것이 아니다. 다만 우리를 기만하지 않고, 슬프게 하지 않기를 바랄 뿐이다.

나는 지조 없이 살기로 했다. 말랑말랑한 노인이 되는 게 내 꿈이다. 남에게 폐 끼치지 않고, 이쪽저쪽 좋은 것을 찾아 팔랑팔랑 귀를 세우고, 해본 것이 많아서 어떤 일에도 너그러우며, 새로운 것에는 눈을 반짝이는 노인이 되고 싶다.

샤무엘 울만은 청춘이 인생의 어느 한 기간을 말하는 것이 아니라 마음의 상태라고 했다. 꼰대도 마찬가지다. 20대도 꼰대가 될 수 있고, 80대라도 청춘으로 살 수 있다. 마음을 열고 소통하며 타성에 젖지 않고, 긴장감을 가지고 있으면 언제나 청춘이다. 젊었어도 고루한 생각에 빠지고 희망을 놓는다면, 그 순간 꼰대가 된다.

"우리 때는 말이야"로 시작하는 말이 많아진 오빠는 그야말로 꼰대가 되어간다.

의문과 확신 사이

인간이 죽음을 마무리하는 방법은 동물보다 못하다는 걸, 아무리 좋은 소리도 누가 어디서 말하느냐에 따라서 평가가 달라진다는 걸 말하며 철학자는 묻는다.

"무슨 말인지 알죠?"

사랑이 행복이고 이별이 불행이라는 공식이 개소리라는 걸, 짝사랑은 스토킹이고 미저리라는 걸, 사랑이 구속이고 이별이 자유일 수 있다는 걸 알려주면서 자꾸 묻는다.

"무슨 말인지 이해되시죠?"

거대한 뿌리는 진창에서 뿌리를 내려야 가지를 뻗을 수 있다는 걸, 꽃은 지는 걸 무서워하지 않는다는 걸, 말로 한 고통은 고통이 아닌 걸, 글로 쓴 고통도 이미 고통이 아니라는 걸 말하며 또 확인한다.

"무슨 소린지 아시겠죠?"

그럼 알다 마다. 확신에 찬 철학자의 돌직구 '죽는다'를 '디진다'고

말해도, 다 안다. 돌아서면 까맣게 잊어버리는 연식이지만, 나도 나를 직면하기 위해 '벽 타기'를 해야 할까. 여전히 몸과 맘이 엇박자인 걸 보니 철학이 들기는 글렀다.

부부 진혼곡

요양원에 계신 시어머니의 당부는 집에 계시는 '아버님께 잘해주지 말라'는 것이다. 기본만 대충 해드리라고 한다. 나쁜 것은 잊어버리고 좋은 기억을 떠올려보라고 권해도 소용이 없다. 한때 아버님의 실체 모르는 바람이 어머니께는 요지부동의 상처가 되었다.

천하의 한량이던 친정아버지는 이와 반대로 돌아가실 때까지 세 여자에게 공경과 사랑을 받았다. 친정엄마는 시앗을 둘이나 보았는데도 아버지를 극진히 대했다. 그들도 앞앞이 만났으면 대접받고 살 인물과 솜씨라며 안쓰럽게 여기기까지 했다. 엄마의 깊은 한숨소리를 간간이 듣긴 했지만, 아버지를 원망하는 소리를 들은 기억은 없다. 오히려 오빠들에게 아버지 제사상 챙길 생각하지 말고 살아 있을 때 좋아하는 술상을 한번 더 봐드리라고 했다. 엄마의 마음은 무엇이며, 아버지의 처신은 어떤 것인지 나는 어려서, 아니 다 큰 지금까지도 가늠할 수가 없다. 친정아버지는 시대와 아내를 잘 만나 남자 중의 남자로 맘껏 살다가셨다.

시어머니는 깔끔하고 자존심 강한 성격에 가족의 서운함이나 험담을 늘어놓지 않는다. 남들과는 물론이고 형제들이 모였을 때에도 맏언니의 품위를 놓지 않았다. 곱고 단정한 어머니는 주변 사람들이 어려워하는 분위기다. 반면에 친정엄마는 수더분하여 이웃과 형제, 친척들 가운데 있었다. 아버지가 떠났을 때도 할머니와 화평하게 지냈다. 양조장의 안주인답게 술도 음식이라며 할머니와 함께 자주 즐겼다. 사람들은 엄마에게 세상사를 의논했고, 아버지까지도 엄마를 누이나 어머니쯤으로 생각하지 않았을까 여겨진다. 지금도 이해 못할 건 엄마의 드넓은 오지랖이다. 엄마의 바람은 '조용한 평화'였을 것 같다.

시어머니는 무구하고 나는 구구하다. 친정엄마가 바다라면 나는 접시물이다.

평생 변하지 않는 부부도 있다. 『철학이야기』를 재미있게 쓴 윌 듀랜트는 13살 연하인 제자와 사랑에 빠지고 훗날 결혼했다. 제자의 이름은 에이다 코프먼이었는데 결혼 후 남편이 부르던 애칭인 에어리얼로 개명했다. 아내의 도움을 받아서 많은 책을 썼고, 『루소와 혁명』으로 아내와 공동으로 퓰리처상을 수상했다. 1981년 10월 25일 에어리얼이 죽자 듀랜트는 식음을 전폐하고 11월 7일에 죽었다. 부부의 동지애적인 막강한 사랑은 죽음마저 함께했다는 생각이 든다.

윌 듀랜트가 죽기 전까지 쓴 방대한 『문명이야기』에는 문명은 공동체생활을 위해 만든 미덕이며 그것이 문명의 시작이라고 한다.

'남자는 대단히 빛나는 존재일지는 몰라도 근본적으로 따지면, 자궁이며 인간 종족 주류의 여자에게 공물을 바치는 존재다. … 남자는 여자가 마지막으로 길들인 동물로, 마지못해 부분적으로 문명화되었다.' 책 곳곳에 망치가 숨어 있다. 무기가 될 만한 두께 값을 한다. 동양의 문명이 그리스, 로마 문화의 배경과 토대가 되었다는 듀랜트는 일찍이 스스로 문명화된 남자다. 나라마다 서로 다른 문명을 이야기하면서 '우리 인간은 서로가 가진 착각을 존중해야 할 의무가 있다'고 했다. 피식거리다가 정신이 번쩍 났다. 착각을 존중해야 할 의무, 내 확고한 생각도 상대가 보면 착각일 수 있다는 것이다. 모두들 제 멋만 알고 사는데, 이런 마음을 바닥에 둔다면 무엇이 걸리겠는가. 인간에 대한 존중이 부부애의 근원이다.

미덕을 전한 그는 오래 남을 것이고, 미덕이 버거운 나는 이내 흐른다.

오래 전, 단독주택에서 집을 팔고 이사 가기 전날에 아버님은 이사 올 사람을 위해 깨진 유리창을 바꾸고, 깜빡거리던 전구를 갈아 끼웠다. 얼마 전에는 오토바이 사고를 당하고 가해자가 어려워 보인다고 치료를 자비로 했다. 아버님은 남에게는 배려가 많고 한 치의 불편도 주지 않으려고 노력하는데, 어찌 어머니께는 그 많은 시간을 함께 보내며 다정한 손길과 애틋한 마음을 저축해두지 못하셨는지. 어머니를 생각하면 마음이 아리다.

남녀는 근원이 다르고 취향과 바라보는 것이 다르다. 오죽하면 화성남자와 금성여자로 비유했을까. 그 거리를 멀찍이 둔 건 본성의 차이를 간파한 것이다. 가정에만 충실한 어머니와 밖으로만 향하는 아버님의 다른 가치가 의견 차이에서 성격 차이로 이어졌을 듯하다. 그러나 친정 아버지와 엄마는 밖으로 향하는 생각들이 어느 정도 비슷했던 것 같다. 부부를 지켜주는 건 지난 시간의 열렬한 사랑이 아닌, 서로를 향한 측은지심이다. 함께 일하며 늙어가는 소의 잔등을 쓰다듬는 농부의 손길처럼 애잔한 마음이다.

거부할 수 없는 가족력이 내 몸 어딘가에 도사리고 있을 것이다. 흉보면서 닮는 부전자전도 대비해야 한다. 지금 우리의 생이 기운찬 계절이 아니라서 다행이다. 어떤 바람도 받아들일 수 있는 겨울 초입이라서 좋다. 맵찬 바람을 맞을 각오를 다진다.

믿음은 부부의 주춧돌이며 욕망은 디딤돌이다. 맹목의 믿음과 넘치는 욕망은 걸림돌이 될 수도 있다. 한생을 살다보면 누구든 바람에 휩싸일 수 있다. 새뜻한 바람으로 자기를 굳건히 세우며 성장시킬 수도 있고, 허황한 바람으로 재산과 사람, 명예까지 잃을 수도 있다. 그러나 바람 없는 세상은 또 얼마나 싱거울까. 적당한 바람은 뿌리를 굳건하게 한다. 부부는 제각각 흔들리며 같은 지점을 향해 다가가는 예비 연리지다.

제4장 천년 학생

*

지혜로운 자는 모든 것을 자기에서 찾고,

어리석은 자는 모든 것을 남에게서 찾는다.

— 공자

수필은… 고백록

먹구름 낀 하늘을 보며 곧 비가 올 것을 알아채는 일, 활짝 핀 저 꽃이 지고나면 연둣빛 이파리가 올라올 것을 아는 일, 거저 알게 된 이런 일들과 흙먼지 바람에게 눈길 주고 새 꽃 그대에게 귀를 여는 일, 내 안의 어린 나와 늙은 나를 어루만지는 일. 세상을 향한 창唱과 곡哭, 계획 없이 빠져버린 이런 일들을 풀어내 누군가의 가슴에 스며드는 일.

샘물이며 갈증

─ 나의 수필 작법 2

수필을 처음 대할 때 그는 내게 '샘물'이었다. 생각과 겪은 일을 누구에게 이르듯 맹렬하게 쏟아놓았다. 20년 가까이 쓰면서 책 네 권을 묶고 나니 수필은 내게 '갈증'이 되었다. 갈증은 두려움과 침잠의 욕구를 가져왔다. 더 진중하게 더 재미있게 써야 한다는 강박이 왔다.

처음 쓴 나의 수필 창작법은 「선 채로 꾸는 꿈」이다.

너무 높이 날면 거짓말이 된다.
너무 낮게 날면 세속적이 된다.
높이를 적당히 조절해야 격이 갖추어진다.

말머리부터 사뭇 비장했다. 시간이 많이 흘렀지만 수필 작법에 대한 생각은 그때와 변함이 없다. 너무 높이 날면 난해하고, 너무 낮게 날면 시시하다. 모든 문학을 시시한 것과 그렇지 않은 것으로 구분한

적이 있다. 시시한 것도 그렇지만 도무지 읽히지 않는 글이 될까 더 두렵다.

유발 하라리는『사피엔스』에서 변방의 유인원 호모 사피엔스가 어떻게 세상의 지배자가 되었는가를 피력하며 '스스로 무엇을 원하는지도 모르는 채 불만스러워하며 무책임한 신들, 이보다 더 위험한 존재가 또 있을까?' 신의 영역까지 넘보는 미래를 물음표로 끝낸다. 나는 얼른 지혜로운 인간이기를 포기하고 호모 루덴스, 노는 인간이 되기로 했다.

일거리가 있어도 친구가 부르면 재깍재깍 나간다. 긴장을 놓고 놀 때가 가장 즐겁다. 놀이에서 위로받고 놀이에서 힘을 얻는다. 책을 읽고 여행을 하고 공연을 보고 전시회에 다니는 게 다 놀이다. 놀이는 몰입이다. 놀이 자체가 문화다. 이제 글 쓰는 일도 노는 일에 편입시키기로 했다. 기왕 밥벌이가 되지 못하니 스스로 격상시킨다.

수필이 무형식이니 무구상이니 하는 논란은 식상하다. 수준 미달의 수필이 수필인구가 많은 탓이라는 것도 진부하다. 수필이 문학이냐 비문학이냐는 논란도 어이없다. 돌아보면 가슴 벅차고 운치가 오래 남는 좋은 수필이 많다. 형식과 규제가 없기에 자유롭다. 파격적으로 새로워도 좋다. 어떠한 실험도 가능하다. 맘껏 놀기에 이보다 더 좋은 판이 어디 있겠나.

걸인과 상인, 노인과 거리의 주먹, 누구와도 친구가 되는 우정의 기술이 탁월한 연암을 내 놀이의 모범으로 삼는다. 친구들의 이야기 소리를 들으며 맞은 그의 임종, 정신병원에서 외롭게 죽은 니체가 꿈꾸었던 죽음을 그는 조용히 실현했다. 어른들과 살다보니 죽음을 가까이 느낀다. 세상에 온 순서대로 가는 건 행운이다. 그러나 시간이 누구에게나 공평하게 주어지진 않았다. 준비하는 죽음, 기꺼운 죽음은 내 글의 주된 테마다. 기존의 통념을 깨고 가벼운 옷을 입혀 놀이에 끼워 넣는다. 병을 친구삼아 죽음과 손잡아야 한다는 걸 자주 일깨우려고 한다.

여행이 길이며 길이 삶이고 삶이 글이 되기를 바라면서도 여행을 하며 이제 기록하지 않는다. 낯선 풍광을 즐기며 흘러가게 놔둔다. 이국의 역사와 인물을 배경으로 각별하게 떠오르는 한 장면, 한 순간을 잡고 시작한다. 역사만큼 좋은 스승은 없다. 독자에게 쉽게 다가가기 위해 범위를 좁히고 상상력을 더한다. 사는 만큼 나오는 게 수필이다. 내 위치가 중심이든 변방이든 내가 우주다. 감상이 넘치면 난삽하다. 경험을 통과한 사유는 탄탄하다.

〈불혹, 최백호〉 콘서트에 갔다. 무대에 선 그는 노래한 지 40년이 되었는데, 앞으로 맞을 40년은 노래를 더 잘 만들고, 잘 부를 수 있을 것 같다고 한다. 기름기 없는 가붓한 얼굴로 울혈을 내장 깊숙이 장전하여 천천히 쏟아낸다. 실팍한 울림, 목이 메는 위로다.

〈여행〉이란 제목의 플라멩코 공연을 보았다. 플라멩코는 외로운 춤이다. 아니 독립적인 춤인가, 구애의 몸짓인데 혼자 흠씬 빠진다. 알아들을 수 없는 노래가 영혼의 울림으로 스민다. 열정 속에서 사색을 끌어내는 게 수필과 닮았다.

좋은 노래와 공연, 좋은 그림과 좋은 영화, 좋은 수필을 같은 저울에 둔다. 내가 살아보지 않았으나 내 것 같은 웃음과 눈물을 만난다. 이런 감동을 내 놀이의 상위에 있는 여행의 경험과 버무려 산뜻한 맛을 더하려고 궁리를 한다.

아무리 진솔한 삶이라도 문학적 수사 없이 수필은 완성되지 않는다. 사실의 나열만으로는 수필이 되지 않는다. 사실을 통한 진실, 전하고자 하는 메시지 전달을 위해 나는 훈계보다 자조를 택한다.

사실을 두 다리로 든든히 받치고 양팔은 한껏 벌려 하늘을 향한다. 감정은 가슴을 거쳐 머리로 정리하고, 사건은 머리보다 가슴으로 풀어서 쓴다. 유머와 역설로 어우러지면 금상첨화다.

망치보다 강한 글이 있다. 최치원의 「토황소격문」은 황소의 난을 일으킨 황소를 어르고 달래며 뺨을 치는 형상이 통쾌함을 넘어 간담이 서늘하다. 회유와 위협이 절묘하다. 예전에는 이런 칼 같은 글을 쓰고 싶었다. 그러나 이제는 다리가 후들거리고 넋이 빠졌을 황소를 헤아린다. 정권이 부패하고 농민을 착취하면 개혁을 주장하는 운동이 일어난다. 성공하면 혁명이고 실패하면 난이다. 개혁에 이르지 못했다 해도 그 정신은 축적된다. 황소의 난에서 동학난을 떠올리며 무지했던 황소가 쓰지 못한 '황소의 읍소 혹은 변명' 이런 답신을 생각해본다.

머리를 쿵, 치는 책이 많은 건 행운이다. 두꺼운 책들을 의무감으로 읽던 때도 있었다. 그러나 이젠 재미있는 책만 읽는다. 지독한 독서가들이 작가가 된다. 많이 읽다보면 문리文理가 터질까. 좋은 글에 대한 갈증이 끝나지 않은 걸 보면 이곳에서는 1만 시간의 법칙도 통하지 않는다. 읽으면서 열렬하게 즐겁던 시간만 놀이에 올린다.

가짜뉴스가 판치는 세상이다. 사실의 이면인 진실을 보려고 머리와 가슴을 연다. 역사를 거울삼아 내일을 가늠해본다. 민감하게 깨어 있으려 노력한다. 신선한 시각, 새로운 정보에도 귀를 세운다. 쉽게 읽히도록 공력을 기울인다.

후배에게 힘을 빼고 쓰라며 조언까지 하면서 정작 내 글이 말랑말랑하지도 달콤하지도 않은 건 내 한계다. 쓰기에 요행은 없다. 읽고 생각하고, 쓰고 고치고, 또 고친다. 매듭 단계에서는 새뜻한 말을 찾기 위해서 사전을 뒤적인다. 다시 소리내서 읽어본다. 눈에서 통과한 글이 귀에 걸리기도 한다. 쓰면 쓸수록 뒤통수가 따갑다.

너무 좋은 종이를 먹칠하고 싶지 않아서 글을 못 쓰겠다는 루쉰 같은 엄살도 통하지 않는 시대다. 두 번째 쓴 내 수필 창작법이 결국 동어반복이 되었어도 강조법이라고 우기려 한다. 재미는 있는가, 어떤 의미가 있는가. 한 편의 글을 여밀 때마다 나를 채근한다.

잠시 샘물이며 오래 갈증인 그대 곁에서 오늘도 논다. 친절하지 않게, 너무 냉정하지도 않게.

애인

오늘은 세 번이나 전화를 받지 않는다고 투덜댄다. 애인과 매일 화상통화를 했는데 어느 날부터 딱, 정색을 하며 앞으로 화상통화하기 싫다고 했단다. 한동안 잠잠했다. 보고픈 마음이 더 강했던지 서운함은 스르르 무너지고 짬만 나면 전화를 해댄다. 하긴 자꾸만 보고 싶은 게 애인이 아닌가. 남편은 내 눈을 피해 휴대폰을 들고 밖으로 나가기도 한다. 반갑게 통화를 하고 나면 하루는 싱글거린다. 저런 속없는 사람과 내가 지금껏 살았단 말인가, 그야말로 자괴감이 든다. 도대체 연애의 기본인 '밀당'을 모르는 천치다.

수수백년 전 나랑도 그랬다. 애인이던 시절이 잠시 있기는 했다. 밀고 당기고 설렐 틈도 없이 밀어붙여 바로 결혼에 이르렀다. 평생 고생시키지 않겠다고 했다는데 난 그런 소릴 들은 기억은 없고, 이 사람이 나 없으면 안 되는가보다고 생각했다. 속전속결은 내 성질이기도 하다. 계산 없이 내린 안이한 결정에 값을 오래도록 치르며 산다.

세상은 가차 없는 시험장이라서 때론 피 흘리는 투사가 되어야 하고 뜨거운 햇살에 맨몸을 드러내야 한다. 시대가 아프다. 위로가 필요하다. 애인을 생각하면서 헝클어진 머리를 다듬고 바람 숭숭 드나드는 마음을 다잡는다.

사실 남편보다 먼저 나도 애인을 가슴에 품고 있다. 내 애인은 정신을 집중하고 마음을 다하지 않으면 눈길조차 주지 않는다. 그래도 가슴 속 깊이 그를 모셔두면 깨어 있을 수 있다. 그는 내게 짧게 말하며 털어버리는 법과 길게 풀어놓으며 너그러워지는 법을 일러준다. 열락에 들뜨게도 하고 절망에 빠지게도 한다.

늘 긴장해야 하는 게 힘들어 잠깐 그를 멀리한 적이 있다. 황홀할 일도 불안한 일도 없는 일상, 그의 손이 멀어진 머리는 단정한데 풀어내지 못한 머릿속은 친친 엉켜 있다. 모든 만남과 풍경이 새겨지지 않고 지나쳐버린다. 사는 게 싱겁다. 도대체 마음이 헛헛하다.

다시 만난 우리는 틀을 벗고 자유롭기로 했다. 그는 내게 벗으라고 한다. 관념을 벗고 통속과 한계를 벗으라고 한다. 그래야 새뜻한 내가 보인다고 한다. 시간이 갈수록 그의 품이 만만하지 않다. 적당히 벗은 내 몸이 자꾸 부끄럽다. 설렁설렁 던진 고백은 한순간 바닥에 곤두박질칠 수도 있다. 적당한 때 등을 보이는 것도 방법이다. 용기가 필요한가, 비굴이 필요한가. 다시 갈등이다. 이 주기적인 갈등에서 벗어나는 날이 올까.

남편은 나와 달리 깊은 고민이 없다. 애인이 집에 온다고 하면 그는 날개를 단다. 평소 안 하던 청소기를 돌리고 방 정리를 한다. 때로는 이불을 산뜻한 색으로 바꾸라는 과한 주문도 한다. 애인은 넓은 거실보다 남편 방 침대 위를 더 좋아하기 때문이다.

애틋함은 사라지고 그냥 가족이 된 우리는 서로의 애인에게 질투가 없다. 남편은 자신의 불만을 내 애인에게 쏟아내고 자기에겐 웃는 얼굴만 보이라고 한다. 나는 남편이 어린 애인의 환심을 살 수 있는 방법을 알려주기도 한다.

남편의 애인은 "그렇게 담배 피우면 나 오래 못 봐요" 내가 하지 못하는 정신 번쩍 나는 말을 날리기도 한다. 삼겹살은 상추에 쌈장을 넣고 짠지는 길게. 딸기는 많이. 당당하게 식사 주문도 한다. 언제부턴가 그는 남편의 얼굴 보는 것보다 지갑 여는 것을 더 좋아한다. 예전엔 쭈뼛거렸는데 요즘은 아예 원하는 목록을 제시한다. 남편은 허허대며 털려준다.

애인은 봄이다. 온몸에 꽃기운이 돌게 하고, 삽시간에 스러져 참혹하게도 한다.

외손자를 짝사랑하는 남편과 글을 애인으로 두고 사는 나, 우리는 함께 또 따로 감질나는 사랑을 한다. 잠시 희열이고 내내 절망이라도, 애인 없는 삶은 퍽퍽하다. 우리는 각자 애인에게 총애를 받으려 총력을 기울인다.

아무도 모른다

오른손잡이라서 골병들게 일한 건 오른손인데 왼손이 칭얼댄다. 어르고 달래주어도 훙훙거리더니 아예 비명을 질러댄다.

매일 하는 노동을 운동이라 우기는 오른손, 슬몃슬몃 거들기만 하는 왼손, 세상은 처음부터 공평하지 않았다.

터널

병명이 '팔목터널증후군'이란다. 손을 반복해서 쓰다보니 팔목터널이 좁아지고 신경이 압박되어 나타나는 이상증세라고 한다. 컴퓨터의 키보드나 마우스를 과도하게 사용한 탓이다. 명문을 쓰는 것도 아니면서 손만 혹사시켰나보다.

손을 쉬게 해야 터널 끝 환한 세상이 나온다는데, 손을 쉬게 해서 생길 내 마음 속 터널은 또 어찌하나.

오래된 부부

전화가 오면 멀리 나가는 남편, 내가 몰라야 하는 통화 내용이 무엇일까. 내 잔소리 버릇 때문이라는데 동의할 수 없는 이유다.

하지만 다시 잔소리할 의욕도 없으니 다행이다. 저무는 계절에 다시 신세계가 열리려나.

밤 산책

탄천을 걸었다. 아무 생각 없이 만날 걷던 길을 걷는다,

이것이 무의식인 줄 알았는데 비합리적인 정신의 힘이라고 한다. 그래, 다음엔 합리적인 정신을 깨워 새로운 길을 걸어야겠다.

덥지도 춥지도 않은 봄밤, 꽃들은 아직 움츠리고 있지만 난 마음을 열어젖혔다.

교회 십자가를 보며 성호를 긋는 남자를 생각했다. 죄 짓지 말자, 아니 죄를 가벼이 여기는 은총을 주십사 빌자. 이제 시작이다, 널널한 봄.

계산

장례식장에 갔다. 그의 어머니는 의식 없이 코에 호스를 끼고 3년 6개월을 더 살다 가셨다. 마지막 순간에 판단을 잘못해서 누워 계신 어머니도 보는 가족도 힘들었음을 고백한다. 회생 가능성이 없는 환자에게 인공 연명은 못할 짓이다. 인간은 누구나 존엄하게 죽을 권리

가 있다.

'사전의료의향서'를 썼다. 내 몸이 내 의지로 움직일 수 없을 때, 인공적인 처치를 하지 말라는 당부를 꾹꾹 눌러썼다. 오래 전, 대학병원에 시신 기증도 했다. 공짜로 주신 것을 다 쓰고 선심까지 쓴다. 아주 수지맞는 계산이다.

내 자리 꽃자리

내가 처음 경쟁에서 탈락된 게 중학교 입학시험이다. 오빠들은 시험에서 탈락하는 일이 있다는 것을 처음 알게 되었다며 한참을 놀려댔다. 내가 원하던 학교를 가지 못하고 나를 받아주는 학교에 들어갔다. 겸연쩍고 부끄러웠지만 그곳에도 좋은 선생님과 똘똘한 친구들이 많았다.

과외공부까지 하면서 입학시험에 대비하던 초등학생 때보다 헐렁한 중학생이 되었다. 겉으로는 모범생 비슷한 길을 걸었지만 내 책상에는 교과서보다 잡다한 책이 많았고, 학년을 마치고 올라갈 때까지 참고서와 문제집은 깨끗했다.

일찍이 맛본 패배감은 내게 치열함을 앗아갔다. 무슨 일이건 절박할 것이 없다는 것은 미리 본 답안지와 같이 맥 빠지는 일이다. 최선 다음엔 항상 차선이 있다는 것을 일찍 알게 되었다. 그 차선도 쓸 만한 것이어서 그때부터 느슨하게 사는 게 몸에 붙었다.

경쟁자로 삼아 나를 다그칠 대상은 많았다. 머리숱이 많은 정수, 억세고 굵은 머리카락처럼 마음도 실하다. 공부건 일이건 한번 시작한 것은 끝을 본다. 전문가 수준에 다다라야 성에 찼다. 정수를 보며 부러운 마음보다 숨이 찼다. 그의 결과물은 계속 업그레이드되었다. 시샘은커녕 바라보는 것만으로도 주눅이 들었다. 미인대회에 나갈 만큼 빼어난 미모의 진희, 겉처럼 속도 곱다. 엄마를 갑자기 여읜 상처를 호스피스 봉사를 하며 극복하고 있다.

미모가 되면 머리가 모자라든지. 성질이라도 고약해야 공평하지 않은가. 돌아보면 모두 갖춘 사람들이 후덕하기까지 하다. 세상이 공평하지 않은 건 일찍이 눈치챘지만 이들을 바라보면 씁쓸하다. 따라갈 수 없는 치열한 정신력과 바꿀 수 없는 외모를 어찌 경쟁의 대상으로 삼겠는가. 경쟁이 없는 사회는 없다. 경쟁 속에서 경쟁이 아닌 듯, 무디게 사는 것도 내 나름의 노림수다.

TV 다큐멘터리 〈동물의 왕국〉을 보면 동물들의 경쟁은 참혹하다. 강한 자만이 살아남는 처절한 현장이다. 오랜 세월 동안 치타는 가젤을 잘 잡을 수 있도록 진화해왔다. 가젤은 치타로부터 잘 피할 수 있도록 진화해왔다. 이처럼 쫓고 쫓기는 경쟁을 '붉은 여왕의 효과'라고 한다. 진화학자가 한 이 말은 어떤 대상이 변화하더라도 주변 환경이나 경쟁대상이 더 빠르게 변함에 따라 상대적으로 뒤처지게 되는 원리를 말한다.

생물은 더 나은 미래를 위해 끊임없이 진보하는 것이 아니라 도태

되지 않으려고 안간힘을 쓰고 있는 것이다. 그러나 치타도 가젤도 언제까지 전력질주할 수는 없다. 서로 눈치를 보아가며 쉬어야 한다.

우리는 힘껏 달려야 겨우 제자리를 유지할 수 있는 붉은 여왕의 덫에 걸려들었다. 레이스에서 튕겨나가지 않으려고 쉼 없이 내박차고 있다. 나는 밥을 짓고 사람들을 만나고 정을 나누는 쳇바퀴를 돌리고 있다. 가끔 속력을 늦추고 의미를 붙이는 자만이 행복이나 만족을 느낄 수 있는 제자리 놀음이다.

경쟁, 다투고 다투는 일이다. 그 승산 없는 일에 질주까지 하고 있다. 질주란 이미 병증이다. 사람은 타고난 그릇이 제각기 다르다. 아무리 노력을 해도 담을 수 없는 것이 있다. 나는 일찍이 누구와도 다투기를 포기했다.

출중한 아들 셋에 끝물로 태어난 탓인가. 자주 몽상에 빠지는 나를 건져 올려야 했다. 셈도 어둔하다. 대책 없이 숫자가 엉키는 순간을 잘 누르고 다스려야 한다. 머리보다 먼저 나가는 몸과 마음보다 먼저 터지는 말을 다잡아야 한다. 정신 바짝 차려야 여문 사람들의 손가락 총에서 비켜날 수 있다. 크고 작은 투정도 단박에 무지르며 건둥건둥 하루하루를 지운다.

나는 나에게 너그럽기로 했다. 내가 아니면 안 되는 일은 없다. 힘든 일에 부딪치면 이겨나가려고 애쓰기보다 한 발 물러선다. 내가 원하는 것에서 밀려나고 나를 허락하는 자리에 앉으면서도 그것이 최선이라고 세뇌시킨다.

장미 백합만 예쁜가, 호박꽃 도라지꽃도 어여쁘다. 호박꽃 도라지꽃은 눈호사만 아니고 입호사까지 시켜준다. 앞자리가 언제나 좋은 건 아니다. 뒷전에서 얻은 슬기와 그늘에서 배운 힘은 속으로 쌓인다. 때론 힘을 빼는 것이 윗수라는 것도 알았다. 나름 영악하다.

내가 극복해야 할 상대는 바로 나 자신이다.

음주의 변

한잔 하면서 저녁을 먹는다. 속이 비어서인지 따끈한 사케 석 잔에 취기가 온다. 오랜만에 발동이 걸려 노래방을 거쳐서 라이브 카페까지 갔다. 일 년에 한두 번 가동되는 풀코스다. 살짝 취해 몸에서 힘이 빠져나가면 실실 웃음이 나온다. 조금 전까지 들끓던 불편한 생각들도 무게를 벗는다. 가끔 무장해제가 필요하다. 느슨해져야 한다.

한 달에 한번 만나는 합평모임이다. 글을 놓고 마주 앉은 자리는 겸연쩍다. 쓴소리 한 마디를 하려면 먼저 달콤한 몇 마디를 흘리고 운을 뗀다. 건정건정 곰파지 못한 문장이 딱 걸리는 건 당연지사다. 눈높이와 취향에 따라 평가도 각각이다. 문학에 정답은 없지만 감동과 공감에는 기준이 있다. 사실 비평보다 정신차리기 위해 마주 보고 앉은 자리다. 너를 보며 나를 만나는 일, 자신의 한계를 아프게 새기는 시간이다. 혹여 서운했을까 상대도 배려하고, 바닥이 드러난 민망한 시간을 보냈으니 누구보다 내 영혼을 어루만지고 달래야 한다. 그래서 합평이 끝나면 술이 필요하다.

거기서 뭘 하세요./ 술을 마시고 있지./ 왜 술을 마시지요./ 잊어버리려고 그러는 거야./ 무엇을 잊으려고요./ 부끄러운 것을 잊는 거야./ 무엇이 부끄러워요./ 술을 마시는 게 부끄러워서.

—『어린왕자』 중에서

어린왕자와 술주정뱅이 사내의 대화를 들으면 어이가 없다. 술을 마시는 이유가 이렇게 싱거운가. 부끄러움에 대한 초자아적 각성을 생각했다면 바로 허탈해진다. 술주정뱅이의 구시시한 머리에 꾀죄죄한 몰골이 그려진다. 사내는 현실도피 혐의가 깊은 술중독자다.

술을 마시는 게 왜 부끄러운가. 좀 근사한 구실이 없었을까. 혼자 사는 별이라 사회문제 때문이라는 건 그렇겠고, 그 혹성이 너무 추워서라든가, 희망이 없어서라든지 차라리 외로워서 마신다고 했으면 어땠을까. 인간은 본질적으로 외롭다. 외로움과 부끄러움이 한 뿌리라는 걸 모르는 어린왕자는 우울하고 측은한 마음으로 돌아선다.

술은 가슴 깊이 묻어둔 감정을 끌어올려 도섭을 부리게 한다. 잊었던 용기를 끌어내고 눌러두었던 아픔도 풀어헤치게 한다. 강냉이가 터지듯 속살을 뒤집어 제친다. 깊었던 상처가 성나기도 하고 새 살이 돋기도 한다. 술주정뱅이는 부끄러움을 잊기 위해서 술을 마신다지만 부끄러움과 함께 정작 중요한 것까지 잊는 게 문제다.

술을 마시며 자주 필름이 끊기는 그 사람이 신기했다. 맨 정신에 할 수 없는 호기로운 행동을 기억 못한다는 것이 이해할 수 없었다. 그래서 나도 시도해보았으나 술 분해 능력이 강한 유전자 때문인지 아직 정신을 놓아보진 못했다.

술을 오래 즐기려면 경계를 잘 지켜야 한다. 남을 불쾌하게 하는 음주는 술에 대한 예의가 아니다. 눈물을 질금대거나 길어지는 넋두리까지는 봐줄 수 있지만 아무에게나 강호령을 하는 건 참으로 밉살스럽다. 그 좋은 술을 게워내서도 안 된다. 위로 넣은 것은 아래로 내려보내는 게 순리다. 순리를 거스르면 보는 사람은 물론 본인도 오래 괴롭다. 선을 넘지 않으려면 몸에서 보내는 신호를 잘 알아채야 한다. 내 몸은 이미 낡은 부대자루다. 바동대던 마음을 내려놓고 넉넉해진 웃음을 흘리는 정도에서 그쳐야 한다.

강호에 소문난 주당 삼총사는 매일 만나서 술을 마셨다. 며칠에 한 번씩 만나서 흠씬 마신다. 오직 술 마시는 일로 십 년 넘는 세월을 보내니 나름대로 주력을 인정받는 실력자가 되었다. 그런데 어느 날 주당1이 금주 선언을 했다. 최근에 술에 대한 불감증이 생겼다는 것이다. 십 년 넘게 똑같은 행태의 반복에 몸이 지겨워하며 권태를 느끼기 시작했다는 것이다. 그래서 주당1은 주당2, 3과 결별하고 제대로 된 음주비법을 터득하겠다며 산으로 들어갔다. 주당1이 강호를 떠난 지 3년, 비로소 제대로 된 음주비법을 터득하였다. 그 비법은 조용한 곳에서 마시고, 침묵하며 마시고, 떠오르는 생각들을 기록하며 마시는 것이다. 이는 바람소리와 함께 마시고, 빗소리와 함께 마시고, 눈 내리는 소리와 함께 술을 마신다는 기록파다. 이건 소설 속 술꾼 이야기다.

나는 음주의 고수가 되기는 글렀다. 요즘 내 음주는 만취의 고지에 이르기 전에 배만 부르고 더 이상 알코올이 넘어가주지 않는다. 술자리를 피하지 않은 그 동안의 공력으로 내 속에 빼센 심이 빠졌는지 단 몇 잔으로도 기분 좋은 지경에 이른다. 그러고 보니 나는 술보다 사람을 좋아하는 것이다. 비바람 소리보다 조근조근 속삭이는 말소리, 때론 흥분해서 커지는 목소리, 남의 말머리를 제치고 달려드는 말소리까지 아슴아슴 날아와 박히는 것을 맥 놓고 즐긴다. 술자리에서 너울거리는 말, 취중진담 — 어느 때보다 속내가 드러나는 진솔한 그 말, 좌충우돌 날아가는 말들을 주워볼 만도 하다. 나도 이제 객기를 버리고 필기를 해야 할까보다.

열변을 토하던 친구는 살짝 취해 무대로 나가 노래를 부르고, 나는 앉은 채로 흔들거리며 열렬히 박수를 쳤다. 취한다는 건 허허 속 몰입이다. 언젠가 취할 수 없는 날이 올 것이다. 피할 수 없는 그 사태를 생각만 해도 슬프다. 무엇에 취한다는 건 얼마나 황홀한 일인가. 온전히 살아 있음을 느끼는 시간이다.

쪽지의 위력

자동차 앞 유리에 쪽지가 붙어 있다.

'전날 일렬주차하였으면 다음날 일찍 제대로 주차해놓는 것이 도리입니다. 앞으로 주시해서 지켜보겠습니다.'

나는 졸지에 도리를 모르는 인간이 되어버렸다. 쳇, 그깟 일로 쪽지를 남기는 건 뭔가. 게다가 도리까지 운운하는 건 과하다. 더욱이 앞으로 주시해 지켜보겠다니 뒤통수가 뜨끔하다.

늦게 들어온 날이면 아파트 지하 주차장은 만원이다. 하는 수없이 일렬주차를 한다. 나도 남의 차를 밀어보았지만 이런 쪽지를 남길 생각은 해본 적이 없다. 가끔 기어를 중립위치에 두지 않은 차주에게 옮겨달라고 전화한 일은 있다. 그러나 그런 불편조차 군말 없이 넘겼다.

자주 염치없는 사람, 아니 도리를 모르는 사람들을 만난다. 새치기 하는 사람, 버스나 전철에서 큰소리로 통화하는 사람, 이런 꼴불견도 나는 눈총을 쏘거나 입을 떼본 일이 없다.

멀쩡한 산을 깎고 강을 죽이는 이, 생명을 업신여기고 물신을 섬기는 이, 이런 큰 짓을 하는 사람들에게 부아가 치밀어도 방법이 없다. 답답한 마음에 광장에 나가 보았지만 점잖게 촛불만 바라보았다. 남 앞에서 격한 감정을 드러내는 일은 부끄러운 일이라고 여겼다. 나는 늘 의젓한 체하며 눈 감고 넘어갔다.

그러나 그 일이 있은 후, 전날 일렬주차를 한 날은 이른 아침에 허둥지둥 자동차 키를 챙겨나간다. 내 게으름과 비겁을 더 이상 너그러움으로 포장할 수 없게 되었다.

손바닥보다 작은 쪽지가 죽비가 되었다.

나는 어디에 있는가

흙먼지 풀풀 날리는 중국의 한촌, 빨간 윗옷을 입은 긴 머리의 여자 버스기사가 승객을 태우고 달리는데 마른 체구의 젊은 남자가 차를 세웠다. 기사에게 반갑게 이야길 시키나 가서 앉으라고 했다. 한참 후, 두 사람이 차를 세우고 올라탔는데 그들이 강도로 돌변했다. 칼을 휘두르며 기사와 승객의 돈을 갈취했다. 그리고 여자 기사를 끌고 내려가 풀숲으로 들어가 폭행을 했다.

젊은 남자가 승객들에게 함께 돕길 청했지만 모두 외면했다. 그는 혼자 나가서 강도를 말렸으나 다리를 칼에 맞고 쓰러졌다. 그러는 동안 차 안의 많은 승객들은 창밖으로 구경만 하고 있었다. 얼마 후, 강도는 도망가고 여자 기사는 피 묻은 얼굴에 헝클어진 모습으로 차에 올라탔다. 말없이 경멸과 원망의 눈으로 승객들을 노려보았다. 그녀는 핸들을 잡고 잠시 흐느꼈다.

쓰러졌던 남자가 절룩이며 다가와 차를 타려는데 여자 기사는 차문을 닫아버렸다. 그리고 창문으로 그의 가방을 던져주었다. 도와주려고 했던 남자는 허탈해했다. 남자를 버려두고 버스는 출발했다.

절룩이며 걷던 남자는 지나가는 지프를 얻어 타고 가다가 경찰차들이 서 있는 곳에 다다랐다.

그 버스가 천 길 낭떠러지로 추락했다.

실화를 바탕으로 만들었다는 독립영화 〈버스 44〉의 내용이다. 2001년도 국제영화제에서 여러 상을 탄 작품인데 세월호 사건 후 다시 부각되었다. 행동하지 않는 양심의 최후, 침묵하는 방관자의 마지막을 보여준다. 분노해야 할 때 분노하지 않는 사람의 미래는 비극이다.

사람들은 작은 일이라도 자신에게 피해를 주면 바로 반응하지만, 세상을 흔드는 큰 일이라도 자신에게 직접적인 피해가 아닐 때에는 무관심하다. 더욱이 가슴 아픈 일일수록 직면하기를 꺼린다. 남의 고통에 대해 처음에는 슬픔과 분노를 함께하지만, 날이 지나면 흐려진다.

도킨스의 진화론에 의하면 사람은 이기적 유전자가 우세하게 태어났다고 한다. 하지만 같은 종種이나 집단의 이익을 위해 이타적으로 진화하고 있다고 한다. 유전자의 이기성이 종의 영속을 위한 것이라면 희망은 있다. 조금 더 기다려야 하는가보다. 모든 인간이 같은 종족이라는 것을 인식하기까지 진화가 더 필요한가보다.

번거롭고 귀찮은 일이지만 쪽지를 남기는 건 의식 있는 행동이다. 불의를 보고 버스에서 내린 젊은 남자는 이타적 행동을 했다. 짧은 영화 속 허름한 장면들이 남의 일에 무심했던 나를 부끄럽게 한다. 분주한 궁리나 허황한 말치레보다 몸을 움직여라, 움직여라. 낮은 소리가 검질기게 따라붙는다.

말, 말

인도영화 〈지상의 별처럼〉을 보았다. 난독증 소년의 성장통을 그린 영화다. 눈 밝은 선생이 있어 소년은 고통에서 헤어나 자신의 천재성을 알게 된다. 그 선생은 소년에게서 자신의 어린 날을 본다. 피식피식 웃다가 싸아 통증이 오다가 박하사탕 하나를 입에 문 듯 화해진다. 인도영화 특유의 느닷없이 나오는 노래와 춤도 여전하지만 여기서는 걸리지 않는다. 언제나 주제를 콕 집어주는 친절도 변함없다.

선생이 아이 가족에게 한 말 중에 솔로몬 섬의 이야기가 있다. 그곳에서는 숲을 개간해 농지를 만들 때, 큰 나무를 베지 않고 사람들이 나무 주위에 둘러서서 나무에게 저주의 말을 퍼붓는단다. 그러면 며칠 후 나무는 시름시름 앓다가 고사해버린다고 한다. 저주를 받으면 나무조차 스스로 죽어버린다는 것이다. 그런데 자신들은 호기심 많은 아들에게 어떤 말을 했던가 돌아보며 가족은 눈물을 흘린다.

특별한 재능이 있는 사람은 평범하지 않다. 세상사에 어눌하고 엉뚱하기도 하여 조롱받는 경우가 있다. 이들은 획일적 교육과 굳어진 관습에 적응하기 힘들다. 이들의 숨은 능력과 이면을 알아보는 것이야말로 특출한 능력이다.

영화를 보고나니 정약용의 '품석정'이 떠올랐다. 다산이 낙향하여 정자에서 한가롭게 친지들과 술잔을 기울이던 때, 한 사람이 누구는 부끄러운 줄 모르고 권세와 명예를 거머쥐었으니 분통터질 일이라며 한탄했다. 그러자 사람은 품평할 수 있는 것이 아니니 벌주를 주라고 했다. 다른 이가 저 말馬은 짐도 지지 못하면서 꼴과 콩만 축낸다며 혀를 찼다. 이번에는 짐승에게도 품평을 해선 안 된다며 벌주를 주라고 했다. 다산은 세상의 모든 것을 품평함에 있어 비난을 해서는 안 되고, 하물며 정자 가까이 있는 바위마저도 운치를 더해준다고 칭찬만 해야 한다고 이른다.

언젠가 읽은 글에 농부가 산에 나무를 하러 가서 나무에게 "나무요 나무요, 톱 들어가니더" 이렇게 고한 다음 머리를 조아리고 한참 있다가 나무를 벤다는 내용이 있었다. 말을 무기로 쓰는 것도 무기를 들이대면서도 예를 갖추는 것도 사람의 말로 가능하다. 전자파보다 강한 말, 말의 파장과 진동은 우주를 움직이는 기운이 있다.

사람은 물론 동물이나 식물, 숨탄것은 모두 혼이 있다. 비난하는 말에 죄다 상처를 입는다. 남에게 비난을 받으면 자기 그릇의 크기에 따라 당장 얼굴을 붉히기도 하고, 의연한 척 허세를 부리기도 하지만 가시 성한 말은 너나없이 가슴에 박힌다. 상처는 시간이 지나면 낫지만 흉터가 남는다. 그 흔적은 사람이나 세상에 대한 원망이나 불신으로 기억될 수밖에 없다.

주견이 뚜렷한 사람이 많은 세상이다. 아무도 비난을 원하지 않는다. 상대가 의견을 물어올 때 대답하는 것은 스승이고, 묻지 않을 때 충고하는 것은 푼수라고 한다. 나는 언제부턴가 푼수가 되었다. 내게 직접 해가 없어도 눈에 거슬리는 것을 그냥 넘어가지 못하고 입을 뗀다. 스스로 나이 들었다는 생각이 들고부터다.

어떤 일을 함께할 때, 내가 의견을 강하게 밀어붙인다는 친구의 말에 정신이 번쩍 들었다. 앞뒤 재지 않는 속전속결의 내 취향 때문이다. 때론 너무 거친 내 말에 스스로 움찔할 때가 있다.

논리나 이치에 맞지 않으면서 어른이라고 어린 사람을 무시하거나 윽박지르는 것을 보며 얼마나 분개했던가. 어른의 시작이 나이 숫자보다는 품성과 인품이라고 생각해왔는데 세월을 거꾸로 사는지 낯을 붉힐 때가 잦아진다. 나이 들면서 둥글고 어진 말을 품어야 하는데 연륜이 벼슬인 양 목소리가 커진다. 아직 푹 늙지도 않고 선부른 어른 행세라니….

세상에서 가장 어려운 일은 자기 자신을 아는 일이며, 가장 쉬운 일은 남의 얘기를 하는 것이라고 했다. 쉽게 살아온 적도 없건만 애써 어려운 일에 도전하지도 않았다. 그저 시류를 따라 건정건정 건너왔다. 스펙터클한 사건은 없고 시시한 에피소드로만 이어졌다. 이런 내 이력에 맨 정신으로 남에게 저주하는 말이나 흉잡는 평을 했다고 생각하지는 않는다. 하지만 뒤통수가 당기는 걸 보니 온전히 자유롭지는 못한 것 같다. 사는 동안 상처를 주고 상처받은 일을 생각하면 새삼스레 부끄럽다. 바닥을 드러냈으니 나는 벌주를 잔으로가 아니라 말로 마셔야 할 것 같다.

내 생의 봄날이 있었던가. 아니, 매일 매일을 만화방창이라고 우기며 '가을'까지 왔다. 머지않아 겨울이 당도할 것이다. 지난 날의 모든 겉치레를 거두고 맨몸으로 칼바람 앞에 서야 하리라. 살아온 흔적이 그대로 드러날 것이다. 곁에 있을지도 모르는 지상의 별에게 말 총을 쏘지 않았을까. 내가 남긴 말에 고개를 깊이 숙이며 나에게 세뇌를 한다.

"칭찬하는 말이 아니라면 입을 닫아라."

솔직히 말하지 마라

"진짜 음치다."

어느새 남편이 얼굴을 내 코앞에 대고 하는 말이다. 나도 모르게 흥얼거렸나보다. 간 크게 직구를 날릴 건 뭔가. 내가 노래 못하는 건 나도 안다. 그렇다고 흥까지 없으랴. 그는 늘 솔직하게 말한다며 당당하다.

중대한 일을 결정할 때 말고는 솔직할 필요가 없다. 자신의 감정을 거르지 않고 내뱉으며 그것을 솔직하다고 선언하는 건 폭력이다. 솔직한 건 말이 아니라 믿음으로 스며드는 든든하고 명징한 느낌이다. '솔직히 말하는데~'로 시작하는 말을 경계한다. 나는 아예 솔직하지 않기로 했다.

거동이 어려워진 어머니가 요양원에 가셨다. 더 이상 좋아지지 않는다는 솔직한 통보를 말없이 인정한 결정이다. 어머니의 첫 공동생활이다.

“여기 사람들이 친절하고 좋다, 자주 오지 마라” 말씀대로 일주일 만에 갔더니, “보고 싶었다”고 하신다. 이곳에 아기들은 데려오지 말라고 당부를 해서 두 달이 지나고서야 어머니의 증손자를 데려갔다. 어머니는 아기의 손을 잡고 허허허 하하하 파안대소다. 소리내어 웃는 게 얼마만인가. 어머니의 화법은 난해하다. 무시로 아이와 어른의 세계가 뒤섞인다.

집에 계실 때도 ‘맛있다, 고맙다’를 달고 사셨는데 어머니의 본마음을 어찌 헤아려야 하는지…. 왜 거슬리는 게 없었겠는가. 어머니가 맑은 정신으로 솔직하게 말하지 않아서 다행이다. 그러고 보면 모순어법이기는 해도 어머니의 화법은 당신 아들보다 확실히 상수上手시다.

“어머니 운동하셔요. 집에 어서 오셔야지요.” 희망고문이라도 하는 수 없다. 솔직할 수 없는 내 말은 솔직한 남편에게 늘 핀잔먹는다.

립서비스 좀 한다고 도덕법칙에 어긋나는 것도 아닌데, 그는 거울 앞에 앉은 내게 또 돌직구를 날린다.

“당신 많이 늙었네.”

댄스, 댄스

소문난 몸치가 되었는지 내가 '댄스'를 배운다고 하니까 모두 뜨악한 표정을 짓는다. 단체로 치는 박수에도 박자를 놓쳐 엇박수를 치고 있어서 민망할 때가 많지만, 몸치라고 어찌 마음까지 굳었을까. 리듬이 빠른 음악을 들으면 몸이 저절로 굼실거리는데, 실은 몸보다 마음이 더 잘 반응하는 것이다.

생각해보니 내 몸이 늙어서 어벙벙한 게 아니다. 젊은 시절 에어로빅 강습에서 주위 사람들에게 많은 웃음을 선사하고 며칠 다니다 포기했다. 그 후 리듬을 타는 일은 바라보는 것으로 족했다.

내 몸이 굳어진 것은 몸과 마음 사이에 긴밀한 연결점이 없기 때문이다. 늘 몸과 마음을 분리해놓고 생각하는 습성이 괴리를 만든 것이다. 가슴 속에서 출렁이는 리듬을 몸이 따라오질 못하니 답답한 노릇이다. 어쩌다가 취기가 몸에 퍼지면 박자나 리듬에 상관없이 흥을 표출하기도 한다. 그때는 조명도 흐리고 나를 보는 시선도 없을 테니

맘 놓고 펄펄 뛰기는 한다.

몇 해 전, 맑은 정신으로 취하는 '엑티브 명상'을 맛봤다. 몸을 자유롭게 움직이며 명상에 드는 것이다. 정신의 바닥을 헤집어보고 마음을 풀어놓는다. 모던한 살풀이춤이라고 할까, 몸치가 드러나지 않는 자유로움이 있다. 그때만 해도 주위 시선을 의식하여 명상에 깊이 들지 못하고 몸에 자유도 주지 못하고 말았다. 보름달빛 아래서 오감을 열고 자연의 기운을 느끼며 내 안의 웅크린 나를 어루만지던, 낯설면서도 푸근했던 기억만 남아 있다.

친구 덕에 시작한 라인댄스는 파트너 없이 음악에 맞춰 정해진 동작을 반복하는 것이다. 한 시간에 8천 보 정도 발을 움직여 등에 땀이 날 정도니 확실히 운동이 된다. 오래 배운 사람들의 에너지 넘치는 동작을 바라보는 것만도 입꼬리가 절로 올라간다. 내 취향에 맞는 매력 넘치는 선생도 만났으니 이제 몸의 긴장을 뺄 때가 되었다. 마음을 온전히 부리는 몸은 아름답다.

요즘 방탄소년단이 세계를 휩쓸고 있다. 그들의 노래를 다 이해하지는 못하지만 고도로 기획된 춤은 경탄을 자아낸다. 한 치의 오차 없는 칼군무를 위해 얼마나 많은 시간 훈련을 했을까. 폭발적인 힘을 담은 꺾임과 흐름이 기쁨으로 넘치는 동작을 보면 노력의 지층이 느껴진다. 그들의 난해한 음악이 열혈춤으로 완성된다.

내가 추는 춤은 완성의 목표가 없는, 나만을 위한 동작이라 안도한다. 춤이 몸을 위한 것인지 정신을 위한 것인지 다시 짚어보니 이것도 내게는 정신의 쾌락이다. 머리 무거운 일이 있어도 음악을 들으며 발을 움직이니 마음이 가벼워진다. 이제 남의 시선에도 어느 정도 무감해졌다.

나이 들어 정신이 헐거워지는 건 다행이다. 몸이 더 굳어지기 전에 리듬을 실어주어, 내가 꿈꾸는 정신뿐 아니라 몸도 하늘하늘 말랑한 노인이 되어야 한다. 귀를 열고 입은 닫고 몸을 가볍게 움직여야 한다. 몸보다 먼저 설레는 가슴을 귀히 여기며, 머릿속으로는 열심히 순서를 헤아리지만 발은 어둔하다.

여지없이 반 박자 늦는 엉거주춤, 이것도 춤은 춤이다.

유쾌, 상쾌, 통쾌?

유쾌

'열심히'는 내 생활의 명제였다. 노는 것도 쉬는 것도 일하는 것도 열심히 하는 게 최선이라고 생각했다. 티브이를 볼 때는 노는 손으로 다림질을 하고, 주방일을 할 때는 스마트폰에서 읽어주는 소설을 듣는다. 최소 시간에 최대 효과를 얻어야 한다. 생각이나 말과 함께 행동이 나가야 한다. 청소를 하겠다는 말만 하고 냉큼 일어서지 않는 남편을 보면, 답답한 내가 벌떡 일어나 청소기를 돌려버린다.

『열심히 하지 않습니다』라는 제목이 눈에 들어왔다. '격하게 솔직한 근심 소멸 에세이'라는 말풍선이 붙은 사노 요코의 책이다. 특이하고 까칠한 성격을 그대로 드러내는데 기분이 좋다. 도무지 심각한 게 없다. 슬프고 쓰린 이야기마저 쿨하게, 시크하게 던지는 사노 요코는 예쁘지 않고 멋쟁이가 아니라도, 게으르고 실수투성인 사람도 괜찮은 인간이라고 여기게 해준다. 세상에는 어른 따위는 없다. 단지 어른인 척하는 이가 있을 뿐이라는 걸 당당하게 말한다. 나도 덩달아 이런 말에 격하게 끄덕거리게 되었다.

요즘 마음과 달리 삐거덕거리는 몸을 의식하며 나이에 맞는 속도를 생각하던 차다. 침잠과 숙고가 어울린다고 생각했던 내 마음에 바람이 훅, 들어왔다. 잘 노는 일에 순순히 '멍때리기'를 넣는다. 그녀의 솔직함에 힘입어 나도 무엇이든 열심히 하지 않기로 했다. 느림과 게으름에서 얻을 진수를 그리며 마음이 먼저 설렌다. '열심히'를 버리니 두루두루 유쾌하다.

상쾌

십수 년 만에 묵은 먼지를 걷어냈다. 가구 위치를 바꾸지 않고 살다보니 그 안에 똬리를 틀고 있는 먼지가 한살림이다. 침대 양쪽에 붙은 조명등과 협탁을 버리고, 위치를 바꾸니 중간 크기 카펫을 깔 수 있는 공간이 생겼다. 행거를 버리면서 옷도 몇 박스 추리고 책꽂이에 넘치는 책도 몇 묶음 내놨다. 쓰지 않는 캐리어 3개와 장롱을 짓누르고 있던 이불과 방석, 쿠션들도 다 내쳤다.

수년 동안 한번도 쓰지 않은 가방, 그릇, 베란다 창고에 쌓아둔 아버님의 낚시도구, 남편의 등산용품, 포장도 뜯지 않은 이어폰 줄, 어댑터들을 추방해버렸다. 지금껏 먼지 속에서 쓰레기를 안고 산 셈이다.

야물게 스크랩해둔 자료들과 학생 때부터 쓴 일기장과 편지들, 사진까지 점찍는 정도만 남기고 이별했다. 실은 그 옛날 것을 들여다볼 시간이 없다. 추억을 들춰보는 것보다 코앞에 할 일이 많다. 아직 덜 늙어서 다행이다. 푹 늙으면 그것들을 반추하려고 못 버릴 것 같기도 하다. 돌아보니 명품이나 귀물이 될 만한 것이 하나도 없다. 그지없이 가볍다. 버리고 버리니 주변이 훤하고 상쾌하다.

통쾌?

미투운동이 검찰을 시작으로 문학, 연극, 방송, 음악계 대학로까지 일파만파로 번지고 있다. 건강하고 깨끗한 내일을 위해 건너야 할 다리다. 썩은 곳은 잘라내고 늘어진 곳은 조여야 한다. 난감하고 괴롭지만 겪어야 할 진통이다.

여자와 남자가 동등한 권리를 갖게 된 지 백 년이 채 안 되었다. 여자는 모성을 기반으로 스스로 낮추고 품는 일에 익숙했다. 우리는 성에 분방한 남자를 영웅호색으로 인정하던 시대를 살아왔다. 남자들의 욕망 표현에 관대해서 이런 일이 만연했다. 공공연하게 묵과해온 일들이 연일 뉴스로 오른다. 그들은 뒤늦게 통탄하고 혹은 격세지감을 느낄 것이다.

권력을 앞세워 강제추행한 행위를 천하에 드러내고 있다. 지금까지 피해자의 상처와 고통의 심각성은 무시하고 은폐했다. 오히려 '행실을 어떻게 했기에…, 그 자리에서 강력하게 항의하지 않았느냐'는 역공격까지 했다.

성추행이나 성폭력이 가부장제 문제나 유교사상 폐해라고 하지만 이는 도덕성 결여와 욕망을 다스리지 못한 사람의 인격 문제다. 유학 이념으로 무장한 선비는 남들 앞에서는 물론, 혼자 있을 때에도 도리에 어긋나지 않도록 말과 행동을 삼가지 않았는가.

멀리 있는 파렴치한을 질타하는 건 단호할 수 있지만, 가까이 있는 어리석은 남자에게 철퇴를 내리는 건 쉽지 않다. 이 대책 없는 연민과 체면 때문에 덮어온 시간이 너무 길었다.

상호소통이 아닌 접촉은 폭력이다. 수평관계가 아닌 수직관계, 강자가 약자에게 가한 부적절한 행위라면 여자라고 자유로울 수는 없다. 숫자가 적어서 드러나지 않았다고 존재하지 않는 건 아니다. 내 방식의 호의가 누군가에게 상처가 되지 않았는지 돌아볼 일이다. 거세게 번지는 미투 소용돌이가 그동안의 그릇된 인식을 바꾸는 시작이 되길 바란다. 핑계보다 참회가, 연민보다 분노가 세상을 정화할 것이다.

나는 이 시점에서 아직 널리 드러나지 않았으나 분명 존재하고 있는 역미투, 남자 피해자에 대한 생각까지 떠오르니 그냥 통쾌할 수가 없다.

제5장 잡설

시간의 힘
애도 준비
이별의 무게
성질대로 떠난다
침묵의 위로
애통하지 않다
슬픈 축제
중간보고서
나를 받아주세요

*

노년에 이르기까지 착하게 살려고 노력했다.

노년이 된 나는 착하게 죽으려고 노력한다.

착하게 죽은 것은 기쁜 마음으로 죽는 것이다.

— 세네카

시간의 힘

시간의 바람 앞에 흔들리던 촛불이 꺼졌다.

아버님께서 요양원 생활 1년도 안 되었는데 갑자기 돌아가셨다. 중환자실을 몇 번 드나들었지만 그때마다 바로 회복하셨고, 그날도 아침식사를 조금 하셨다는데… 불효막심이다.

80세 넘도록 오토바이를 타신 아버님은 모든 것을 말로 전하면 즉시 이루어졌다. 말년에는 청력이 떨어져 글로 전하기도 했지만, 어떤 일에도 당신이 우선인 모습으로 94년의 생을 마치셨다. 근엄했던 삶에 비해 죽음의 의식은 간결하고도 순조로웠다. 한줌 재가 되는 과정도 디지털 화면의 숫자가 조용히 알려줬다.

아버님을 모시고 간 첫 번째 병원 응급실에서 이야기를 듣다보니 사후에 대한 당부 말씀이었다. 얼른 휴대폰을 꺼내 녹음했다. 나중에 들어보니 '띠, 띠, 띠' 의료기구의 소리가 배경음이 되어 아날로그 시대의 종언인 양 마음이 아득해진다. 그럼에도 아날로그 회로에는 숫자로 표시할 수 없는 인간적인 향취가 있다. 때때로 쿨렁이는 감정과 꼭꼭 씹으며 느끼는 미각처럼 포기할 수 없는 감각이 그것이다.

나는 아날로그와 디지털 사이 세대다. 이어령 선생이 역설한 디지털 공동체와 식문화의 아날로그 공동체를 이어주는 '디지로그' 세대인 셈이다.

함께 살 때는 몰랐는데, 아버님이 병원 밥을 못 드시는 걸 보니 유독 먹는 것에 예민하셨던 거다. 먹는 것에 의미가 크고 먹는 일 자체가 중한 일이었다.

지구상에 7천여 종의 언어가 있다는데 '나이를 밥처럼 먹는다'고 하는 민족은 우리밖에 없을 것이다. 돈을 떼어먹고 욕도 얻어먹고 때로는 챔피언도 먹는다. 세계가 한 점 잃었다고 하는 축구 경기에서도 우리는 한 골 먹었다고 한다. 마음도 먹는다고 하며, 소통의 장에서는 말이 먹힌다 안 먹힌다고 한다. 모든 비유에서 먹는다는 말은 절절하다.

디지털 기술이 아무리 발달해도 씹는 미각은 재현할 수 없다. 먹는다는 것은 그만큼 누구에게나 준엄한 일이다. 아날로그 세대는 '밥벌이의 지겨움'을 기꺼이 감당했지만 디지털 세대는 밥벌이보다 좋아하는 것을 먼저 추구한다. 가장이 되는 것도 어머니가 되는 일도 필수가 아닌 선택이며 밥을 가볍게 여기는 시대가 되었다.

말은 커녕 겨우 앉는 아기가 스마트폰을 장난감처럼 가지고 논다. 손가락으로 쓱쓱 밀며 흥미 있는 지점에 멈춰 까르르 웃는다. 손자가 여섯 살 때, 외출한 엄마가 어디만큼 오는지 스마트폰을 가리키며 검색해보라고 했다. 열한 살이 된 지금은 스마트폰으로 학교와 학원 공부를 하고, 멀리 있는 친구와 게임에 빠지기도 한다.

스마트폰이 만들어낸 신인류, 이들은 티브이보다 유튜브를 보고, 오프라인 시장보다 온라인에서 쇼핑한다. 한번의 클릭으로 모든 것을 해결한다. 신인류의 선택에 의해 부가 이동한다. 인터넷을 기반으로 지식정보산업은 혁명을 이루었고, 이제 속도를 더해 사이버와 현실을 융합하려 한다. 중국은 수년 전부터 모바일 결제를 일상화해서 현금 없는 사회가 되었다. 거지도 깡통에 QR코드를 달고 있다니 기가 막힌다.

신인류는 페이스북이나 인스타그램으로 소통하며 자신을 표현하고, 실시간 SNS로 세계 인류와 교감을 나눈다. 오래 전부터 인간의 '이기적 유전자'는 자기 종의 번식을 위해, 정보를 복제하고 확산시켜 새로운 문화를 창조했다. 그 문화를 누리기 위해서 갖춰야 할 조건들이 점점 복잡해지고 있다. 중간세대인 나는 변화의 광속에 숨이 차다.

지난 달에 제주에서 친구의 딸 결혼식이 있었다. 인터넷으로 결제를 하고 스마트폰에 모바일 탑승권을 다운받아 다녀왔다. 공항버스도 휴대폰으로 예약하니 할인까지 된다. 단순한 이런 일도 버벅거리며 겨우 했지만, 비대면으로 처리하는 것이 편하고 경제적이란 걸 경험했다. 이런 신기술을 기반으로 우리는 전 세계가 코로나19 팬데믹에 빠진 오늘날, 정보를 공유하면서 배려와 봉사심을 발휘하여, 우리도 몰랐던 새로운 문화국가로 떠올랐다.

전쟁을 겪은 아날로그 세대가 그들이 이루어낸 필사의 의지와 강건한 정신을 다음 세대에게 물려주려면 디지털 방식을 통해야 한다. 할아버지의 생각과 소통방식이 다른, 손자와 증손자의 간극. 그 가운데 낀세대로서 나는 양극을 잇는 궁리를 해본다.

아버님이 요양병원에 계실 때, 새벽에 급히 오라고 전화를 하셨다. 불안한 마음으로 달려가니 '외롭다'고 하신다. 아침저녁으로 드나들던 때였는데 참으로 면구스러웠다. 꼿꼿했던 아버님의 내면에 어찌할 수 없는 외로움이 가득했던 거다. 이제 보니 아버님의 유산은 외로움이다. 나는 앞으로 외로움을 밥 삼아 먹으며 씩씩해져야 한다. 외로움은 지엄한 밥과 함께 아날로그 세대에서 끝날 수도 있는 대물림이다. 밥이 중하지도 않고, 혼자서 잘 노는 다음 세대는 삶의 표준이 달라질 것이다.

어쩌면 이들이 외로움에 최적화된 삶을 살고 있는지 모른다. 상처받을 것을 원천봉쇄하고 소통을 극소화하여, 한 겹 차단막을 두르고 있는지도 모른다. 그럼에도 의사표시는 분명하게 하고 자신의 감정에 충실하다. 어쩌면 유전자 체계가 다를지도 모르는 이 신인류에게 "라떼는 말이야(나 때는 말이야)"를 거둬야겠다. 스마트하지 않은 것을 견디지 못하는 그들은 가차 없이 스마트폰으로 눈길을 돌릴 것이다.

아버님이 떠나시고 한 발 앞으로 다가선 내 위치를 가늠하며, 시간의 힘에 떠밀리면서도 놓지 말아야 할 것을 새겨본다.

신인류나 구인류, 모두 시간의 광풍 앞에 한낱 촛불이다.

애도 준비

'내 마음은 편안하다.'

철학자 김진영이 66세로 이 세상을 떠나며 마지막 한 말이다. 그가 평생을 만들고 쌓아온 것들은 모두 정신적인 것이다. 그것이 시험대에 올랐다. 정신력이 무너지는 육신을 보듬고 병 앞에서 자신을 지켜낼 수 있을까. 이제 정신적인 것의 역할을 증명해야 한다. 작가는 이렇듯 육체와 정신을 따로 분리해 생각하기도 한다.

유전자병을 앓는 그는 과학은 유전자를 바꾸지 못하지만 정신이 유전자를 바꾼다고 생각했다. 웃음, 유머, 명랑성이라고 부르는 정신의 일 그것은 자긍심이다. 그에게는 유전자병을 짐짓 내려다보는 즐거운 정신이 있다.

2017년 7월 암 선고를 받고 시작한 병원생활 임종 3일 전, 섬망이 오기 직전까지 쓴 그의 13개월의 기록을 읽었다. 환자의 독자성으로 비로소 발견된 사랑과 감사에 대한 기억과 성찰, 무연히 흐르는 마음결이 잔잔하다.

나는 엘리자베스 퀴블러 로스의 죽음의 5단계 — 부정, 분노, 타협, 우울, 수용의 과정을 떠올렸다. 지성과 통찰로 무장한 철학자답게 부정과 분노는 선선히 녹이고, 타협의 과정으로 넘어간다. 도도하고 까칠함이 매력이던 그는 바로 착해졌다. 투병이란 말은 옳지 않다며 손님처럼 잘 대접해서 보내야 한다는 옛 사람들의 가르침을 떠올린다. 사랑이 그렇듯 병과도 잘 이별하리라 마음을 다잡는다. '어제를 돌아보면 후회가 있고 내일을 바라보면 불확실하다. 그러나 지금 이 사이의 시간, 몸시 아픈 곳도 없고 깊이 맺힌 근심도 없다.' 짧지만 온전히 주어진 시간에 지나온 생의 진실함과 아름다움에 사랑을 느낀다.

몇 해 전에 김진영은 롤랑 바르트의『애도 일기』를 번역했다. 어머니와 특별한 관계였던 바르트는 어머니의 죽음을 처절한 상실의 고통이라고 말한다. 그 슬픔은 바르트 자신의 삶을 놓아버릴 지경에 이른다. '바르트가 잃은 건 사랑이고 내가 잃은 건 건강이다. 그는 완전히 잃은 것이고, 나는 아직 중요한 것이지만 소량을 잃었고, 많은 것을 지니고 있다. 바르트에게 동병상련을 바라는 건 어불성설이며, 내가 느끼는 자기 연민은 치졸하고 가엾다.' 타협의 시기에 이른 날선 통찰이다. 이 마음 밝은 철학자는 죽은 자를 위해서가 아닌 살아남은 사람을 위한 애도가 필요하다는 것을 느꼈을 것이다. 죽음처럼 치명적이지 않지만 죽음보다 더 지독한 상태가 사랑하는 사람을 상실하는 일임을 알았으니까.

그는 자신을 위해 쓰지 않고 남을 위해 쓰면서 어느 때보다 귀한 마음이 된다. 『아침의 피아노』는 죽음을 슬픔과 상실로 보지 않고 기쁨과 감사, 사랑으로 받아들이는 그의 절절한 시간의 기록이다. 비슷하거나 또 다른 방식으로 존재의 위기에 처한 이들에게 성찰과 위안의 독서가 되기 충분하다. 롤랑 바르트가 이런 사적인 글은 문학이 되지 않아야 한다고 했지만, 우리에게 의심 없이 문학으로 들어온다.

슬픔에는 경이로운 치유의 힘이 있다. 슬픔은 극복하는 것이 아니라 스며드는 것, 푹 빠져 잠겨 있다 보면 편안한 것으로 다가온다. 여린 몸에 포근한 카디건을 걸치고 창가에 앉아 바흐의 음악을 듣는 풍경이 떠오른다. 그가 말하던 품위와 우아함이 풍긴다.

책 마지막 장에서 멈칫, 짧은 문장 사이 긴 여백을 바라보며 침묵에 빠진다. 책을 덮지 못하고 나는 다시 맨 앞 장으로 돌아간다.

'두렵지 않은 척하지는 않겠다. 하지만 내가 무엇보다 강하게 느끼는 감정은 고마움이다.' 올리버 색스의 마지막 말은 『고맙습니다』다. 향년 82세에 맞는 죽음은 한결 너그럽다. 신경생리학자인 그는 2014년 12월에 암 판정을 받고 종양을 제거하고 치료받으면서 암세포가 전이되어 다음해 8월에 세상을 떠났다.

색스는 여든 살이 되면서 쇠퇴의 징후가 뚜렷하게 드러났다. 반응이 느려지고, 이름들이 자주 가물가물하고, 에너지를 아껴 써야 하는 걸 느끼고 있었다. 그럼에도 날마다 1마일씩 수영을 즐기고 사랑과

일을 계속해 나갈 수 있는 것에 감사했다.

인간은 저마다 독특한 개인으로 존재하고 자기만의 삶을 살고 자기만의 죽음을 맞는다. 이 땅에서의 남은 시간을 알게 되면 자신의 삶을 높은 곳에서 내려다보는 것처럼 객관화할 수 있나보다. 풍경을 바라보는 듯 초탈한 마음으로 우정을 더욱 다지고, 사랑하는 사람들에게 작별 인사를 한다. 사랑하고 사랑받았고, 조금쯤은 돌려줄 수 있었던 삶에 감사한다. 특히 작가와 독자들과의 교제를 즐겼던 시간에 감사한다.

“비스무트는 83번 원소다. 나는 살아서 83번째 생일을 맞을 것 같지 않다. 그러나 주변에 온통 ‘83’이 널려 있는 것이 어쩐지 희망차게 느껴진다. 어쩐지 격려가 된다. 게다가 나는 금속을 사랑하는 사람들조차 눈길 주지 않고 무시하기 일쑤인 수수한 회색 금속 비스무트를 각별히 좋아한다. 의사로서 잘못된 취급을 받거나 하찮게 여겨지는 환자들에게 마음이 가는 내 성격은 무기물의 세계에까지 진출하여, 마찬가지로 여기에서도 비스무트에게 마음이 가고 마는 것이다.”

올리버 색스는 과학도면서 이런 마음결이기에 문학을 했나보다. 신경학자로서 무한한 호기심과 인간에 대한 끊임없는 애정, 세상을 향한 통찰에 위트를 더한다. 뉴런, 기호, 신경회로 등 지루한 동네이야기도 쉽게 풀어서 쓴다. 그래서 나처럼 과학지식이 없어도 유작인 『의식의 강』에 빠져들어 첨벙거릴 수 있다. 그의 소설에서는 병을 앓은 주인공들이 혼란과 고통을 해학과 유머로 넘어서고 있다. 그는 병상에서 갑작스러운 수면발작을 겪으면서도 자서전의 교정쇄를 수정했다. 문장 중간에서 잠이 들어 책상에 머리를 쿵, 들이받으면서도 손에 연필을 놓지 않았다. 불편한 몸으로 마지막까지 글쓰기를 즐겁게 받아들였다.

이 아름다운 행성에서 지각 있는 존재이자 생각하는 동물로 산 자체만으로도 엄청난 특권이자 모험이라는 올리버 색스의 말에 안도한다. 그가 83번째 생일을 맞지 못했어도 크게 애달프지 않다. 웅장하게 울려 퍼지던 교향곡이 빠름-느림-빠름으로 급하게 숨을 몰아쉰다. 좋은 죽음은 좋은 삶의 연속이다. 그럼에도 모든 죽음은 애통하다.

성숙한 노년을 맞은 사람을 보면 마음이 가벼워진다. 파커 J. 파머는 여든 살에 다가서며 온전함에 이르는 지름길이 없다는 것을 알았다. 노인이 되면 중심을 비켜주고 가장자리에 나앉아야 하며, 나이가 들었다는 것은 더 이상 잃을 게 남아 있지 않다는 것을 의미하며 어른으로서 공공선을 위해 더 큰 위험부담을 감수해야 한다고 한다.

남은 시간을 구원의 시간으로 활용한다. 더 나은 세상을 위해서 타인의 슬픔에 공감하며 마음의 상처가 부서져 조각난 것이 아니라, 부서져 열린 세계로 향할 수 있다며 새로운 힘을 북돋는다. 슬픔이 모두 고통이 되는 건 아니다. 고통은 죽음이 아닌 생명을 가져다주는 무언가로 변형될 수도 있다고 한다. 그는 매일 삶의 고통과 기쁨을 넘나들면서 마음을 운동시켜 감정에 탄탄한 근육을 만든다. 육체의 근육 못지않게 중요한 게 강단 있는 마음이다.

자기애와 외로움을 다스리는 걸 노년의 의무로 삼는다. 노화라는 중력과 맞서 싸우지 않고 자연스럽게 협력하며, 얼굴과 이마에 주름이 가득한 것을 오래 산 사람의 상징이라며 사랑스럽게 여긴다.

인간의 통찰은 연륜에 비례하지 않는다. 다 자란 사람이 어른이고, 다만 늙은 사람이 노인이다. '늙으면 아이 된다'는 말에 비의가 있다. 일찍이 아우구스티누스는 어린아이가 시기하는 것을 보고, 연약한 아이의 몸에는 죄가 없지만 그 영혼은 이기적이며 악하다고 했다. 아이는 배려와 이타를 알지 못한다. 어른은 경험에서 얻은 성찰로 배려와 이타를 실행하는 사람이다. 수명이 길어졌어도 온전한 어른으로 사는 시간이 긴 것은 아니다.

잘 살아내면 잘 죽을 수 있다고 믿었는데, 말년에 몸을 못 쓰게 된 아버님을 보면서 내 믿음이 깨졌다. 어른은 한순간에 아이가 되기도 한다. 몸과 정신의 분리현상을 느끼며 혼란에 빠졌다. 황당하고 난감한 일을 당했을 때 내 대처능력이라는 게 어린애 수준이라는 것도 알게 되었다. 나 역시 어른에 이르지 못하고 노인이 되어가고 있는 것을 절감했다.

사람의 본성이 무엇일까. 극한상황에 처했을 때 나타나는 성질이 아닐까. 체면과 교양으로 무장했던 것이 허물어지며 이기심과 폭력이 나오기도 하고, 인의와 예지가 굳건하게 지켜지기도 한다. 누구도 예측할 수 없는 치매에도 착한 치매와 고약한 치매가 있다. 우리를 황당하게 하는 건 그 양태를 살아온 모습에서 유추할 수 없다는 것이다.

죽음 앞에서 부정과 분노, 우울을 무한 반복하는 사람이 있다. 타협과 수용에 이르는 시간이 길수록 지치고 쇠약해진다. '인간의 본성은 악하다'라고 써놓고, 나는 '인간의 본성은 약하다'로 읽는다. 그러나 남의 불행한 행동을 보고 따라서 하지 않을 만큼은 영악하다. 견디기 힘든 고통이 저세상을 위한 보속이라 믿으며 위로를 받는 것도 좋다.

탄생과 죽음 사이에 어떤 길이 펼쳐질지 아무도 모른다. 조상의 경제력으로 정하는 '금수저론'이 있지만, 건강한 신체와 굳건한 정신력을 물려받는 게 참 금수저다. 인간은 55세까지 유전자에 의해 건강이 유지되고 그 후는 그동안의 식습관과 생활방식에 의해 축적된 것으로 살아간다고 한다. 시댁과 친정 모두 건강 유전자를 받았으니 정신력이 좀 떨어져도 크게 억울할 건 없다.

영원히 살 것같이 살고 있는 시간은 축복이다. 실상 내가 두려운 건 죽음보다 병드는 것이다. 그러면서도 병원에 가는 일은 국민건강 보험료를 내는 국민의 의무와 권리만큼 시늉만 한다. 내 무심 병은 첨단 의학의 세례보다 운명에 기댄다. 사전의료의향서에 연명치료를 하지 말아달라고 써두었다. 일찍이 시신기증서도 받아두었다. 스스로 할 수 없는 마지막 처리에 내 뜻을 전해두는 것으로 가벼워졌다.

요즘 주위를 돌아보면 자연스러운 죽음을 거부한다. 인공호흡기를 달고, 코에 줄을 끼고, 소변줄을 단다. 누군들 존엄하게 죽기를 바라지 않겠는가. 단번에 이별하는 건 행운이다. 목숨은 질기고도 허망하다. 그 사이에 보이지 않는 그물다리가 출렁거린다. 그 다리를 어떻게 건너보내든 남은 자의 가슴엔 회한과 아쉬움이 남는다.

예전에는 마당에서 기르던 개가 병이 들면 슬그머니 산으로 들어가 홀로 죽음을 맞는다고 한다. 언제부터 우리는 개만큼도 자존심을 지키며 죽기가 어렵게 되었다. 마지막까지 맑은 정신으로 직립보행의 권위를 지켜낼 수 있기를 바라는 건 과욕일까. 많이 부린 몸에게 미안하다. 전생에 무수리였는지 나는 몸 부리기를 주저하지 않았다. 정신의 호사를 위해 먼 나라 험한 곳도 거침없이 내달려 물과 산과 흙에 뒹굴기도 했다. 몸 부리기와 마음 받들기는 팽팽하다. 지금까지 다행히 어느 한쪽이 피폐해지기 전에 잘도 넘나들었다.

삶이 공평하지 않듯, 죽음도 공평하지 않다. 100세시대가 이미 왔고, 앞으로 120세를 바라보지만 우리는 안다. 그것이 축복이 아니라는 걸. 개인 차이는 있지만 인간은 노쇠 앞에서 무력하다. 노화라는 중력은 예고 없이 안개처럼 몸 전체에 스며들어 난감한 기척을 한다. 그제야 정신이 번쩍 나서 섭생과 운동을 새롭게 다짐하지만, 이미 늙은 몸은 시간의 연장을 미미하게 허락할 뿐이다. 오로지 통증을 어르고 달래며 시간을 보낼 것이다. 그 감질나는 시간을 위해 얼마나 비굴해질지 벌써 애달프다.

어쨌거나 나는 중병을 선고받으면 산으로 들어가려 한다. 슬슬 삐거덕거리긴 해도 아직 멀쩡한 부분이 더 많은 몸이기에 하는 방자한 생각임을 왜 모르겠는가. 아이들은 각자 가정을 이뤘고, 부모님도 내 손을 떠났다. 남편도 어설프긴 해도 독립적이 되어 나를 필요로 하지 않는다. 세상에 내가 아니면 안 될 일이 하나도 없다는 이 서글픈 각성이 다행이다.

누구는 부양의무에서 벗어나면 공공선을 위해 용감해야 한다고 하고, 누구는 세상이 멸망하는 것보다 내 손톱 아픈 게 더 중하다고 하지만, 무게 중심이 오락가락하는 나는 이제 내 몸 하나 폐 끼치지 않고 가는 것을 목표로 삼는다.

김진영이나 올리버 색스는 떠났어도 우리 기억 속에서 살아 있다. 언제든 펼쳐 읽으며 위로받고 힘을 얻을 수 있으니 그들의 죽음은 끝이 아니다. 부재에도 힘이 있다는 것을 그들은 이미 알고 있었는지도 모른다. 그리움을 담은 애틋한 마음으로 유고집까지 챙겨보았으니 말이다.

다음 세대까지 남을 명문을 못 쓴다고 해도 절망할 일은 아니다. 나도 이 아름다운 행성에 생각하는 동물로 태어나 마음을 나누고, 생각을 풀어내며 살 수 있는 것만도 행운이다. '말할 만한 가치가 있는가? 명료한가? 아름다운가?' 파머가 쓴 모든 글을 읽으며, 아내 샤론 파머는 이렇게 세 가지 질문을 한단다. 이 잣대에 나도 내 글을 비춰본다. 어찌 가치 있는 말만 하겠는가, 명료하고 아름답기까지. 게다가 나를 위해서가 아니라 타자를 위해서라니…. 아무래도 언감생심이다. 겨우겨우 쓰는 내 깜냥에 맡긴다. 머리보다 먼저 나가는 발로, 뛰는 가슴으로 때론 눈물로 칭얼대는 손목을 달래고 침침한 눈을 혹사하며 쓰고 지우고 또 쓴다.

연습도 못해본 삶을 이 정도 살아낸 것도 대견하다. 모두 치열하게 살다간 사람들 덕분이다. 죽음 앞에서도 어른다웠던 그들과 죽어감 앞에서도 어른으로 살고 있는 아름다운 분들을 받들어 모신다. 죽음과 죽어감 사이, 아직은 아무 일 없는 지금, 나는 이 시시한 하루하루를 환대한다.

남은 자의 편안을 위한 애도 준비는 빠르고 꼼꼼할수록 좋다.

이별의 무게

비 오는 일요일 저녁, 한 사람을 생각하며 탄천을 걸었다. 내일이면 그의 육신은 한줌 재가 된다. 육신이 있을 때 마지막까지 열려 있는 감각이 청각이기에 망자 곁에서 나쁜 말을 삼가라고 했다. 그러나 세상의 입은 여러 방향에서 나팔을 불고 있다. 대책 없는 언어테러다. 실상 죽음을 담보해서 얻을 것은 하나도 없다. 죽음 후에도 선업은 회자되고 죽음으로써 악행이 묻힐 수 없고 문제는 계속된다.

그동안 참담하고 황망한 죽음을 많이 보았다. 세상에 나서 꽃봉오리를 터트리지도 못하고 져버린 꽃들, 한순간에 꺾인 곧고 우람한 나무들, 울울창창한 숲이 통째로 타버리기도 했다. 저마다 귀하게 숨탄 것들이 제 몫의 쓰임을 다하지 못하고 스러질 때 참으로 애통했다.

사람의 이름이 고유명사가 되면 그 사람은 우상화되기 쉽다. 노무현과 노회찬의 죽음으로 운동권의 순결주의를 착잡한 심정으로 바라봐야 했다. 그들 스스로 인간적인 흠결을 용납하지 못하는 완벽주의였는지 모르지만, 공인으로서 사회에 던진 충격과 많은 사람을 슬픔에 빠뜨린 책임은 벗을 수 없다.

박원순이 세상을 떠났다. 진보적인 인권변호사, 헌신적인 시민운동가, 서울시장, 이런 너울 속 그는 외로운 한 인간이었나. 페미니스트를 자처하며 미투 지지자였던 그가 성추행혐의로 고소를 받았다. 진실을 가리기도 전에 부끄러움을 스스로 용납할 수 없었던 것일까. 남 모르는 절박한 무엇이 있었을까. 공인이 죽음을 선택할 수 있다고 생각했다면 다만 과로사가 아닐까. 하지만 누구도 그에게 죽음에 이르는 열성을 기대하지는 않는다.

인간은 완벽한 존재가 아니다. 인의예지를 외치던 공자도 소인배와 여자 다루는 게 제일 어렵다고 했다. 가까이하면 공손하지 못하고 멀리하면 원한을 산다고 했다. 이는 일찍이 공자가 이혼을 당한 이유이기도 하다. 소인배와 여자를 온전한 인격체로 보지 않아서 생긴 일이다.

오래 전부터 모든 죽음에는 타살성이 있다고 생각했다. 처음엔 어항에 열대어가 배를 뒤집고 떠 있는 것을 보며 나의 부주의를 탓했고, 베란다에 죽어가는 화분들을 보며 내 게으름을 반성했다. 죽음에 낭만이나 환상을 더하던 시절이었다. 그때보다 스무 해를 더 산 지금은 나 자신의 죽음을 느닷없이 맞닥뜨린다 해도 놀라운 일이 아니다. 삶은 관계의 연속이다. 모든 관계에서 마음길 눈길이 멀어지면 죽음이 끼어든다.

이별의 무게는 삶의 편력으로 결정된다. 열정을 다해 누리고, 가족, 친구, 이웃과 나누고 즐긴 것이 이력이다. 지나간 사람의 공과를 가리는 기준은 마음을 나누고 정을 쌓은 생전의 행적이다. 주위 사람들의 입을 통해 전해지는 평판이 망자의 비석이다.

눈부시게 발전한 서울, 그 휘황함 속에 병든 이웃이 얼마나 많은가. 경제가 급성장해서 국민소득이 높아졌는데도 OECD 국가 중 자살률 1위를 오래 기록하고 있다. 그도 고민했을 이 불명예스러운 수치에 본인이 숫자를 하나 더 보태게 되리라는 건 생각하지 못했을 것이다. 무엇이 극단적 선택을 하게 하는 걸까.

사회적 통합과 규제를 자살의 원인으로 본 사회학자 에밀 뒤르켐은 건전한 정신을 가진 사람도 자살할 수 있다고 했다. 사회적 통합이 승할 때는 이타적 자살이 많고, 사회적 규범에 혼돈이 올 때는 아노미적 자살, 소외가 심할 때 이기적 자살을 하며, 규제가 강하면 숙명적 자살을 한다고 세분했다.

이런 분류에도 불구하고 모든 자살의 종국은 이기적이다. 이타적 자살도 사실상 가족, 조직이나 이해집단을 보호하기 위한 것이고, 숙명적 자살도 결국 자신에 대한 변명, 자기 보호를 위한 것이다. 잘못이 있으면 사회적, 법적 책임을 받아들이는 게 순리다. 특히 철면피가 많은 동네에서의 면피성 자살은 우리를 비통에 몰아넣는다.

우리는 모든 죽음의 타살성에서 자유롭지 못하다. 거기서 가벼워지기 위해 바이러스가 창궐하고 있는 곳으로 자원봉사를 나서고, 타인을 위해서 가진 것을 나누고, 불편한 마스크를 챙긴다. 이런 행동은 모든 죽음 앞에서 느껴야 하는 무력감을 조금이나마 줄여보려는 방안이다. 어떤 상황에서도 흑백논리로 나누지 않고 나와 다른 가치를 틀렸다고 몰아붙이지 않는 사람들 — 자신의 오류와 한계를 바로 인정하고, 결코 빛나지 않는 삶을 묵묵히 살아내는 사람들이 세상의 버팀목이다. 이들이 이루고 있는 침묵의 연대가 든든하다.

서로 생각하는 것만으로도 힘이 되는 믿음을 쌓아가는 게 인연이다. 한때 눈 맞추며 따듯했던 마음들을 불러온다. 언제든 편안하게 받아들일 수 있는, 나와 인연된 모든 이들과 깃털 같은 이별을 기대한다.

빗속에 진홍빛으로 서 있는 나리꽃마저 처량하다. 돌연한 이별이 가슴을 무겁게 짓누른다.

성질대로 떠난다

시할머니 별호가 호랑이였다. 반듯한 가르마에 쪽진 머리는 흐트러진 적이 없고, 걸을 때면 양팔을 흔들며 걷는다. 채식을 즐기고 주로 갖은 나물반찬에 비벼서 뚝딱 드신다. 주위에 누구라도 게으름을 피우거나 꾀를 부리는 것을 보면 벼락같은 호령이 떨어진다. 돌아가실 때까지 부엌살림을 주관하고 몸을 재게 부리셨다. 그날도 아침식사를 마치고 목욕을 한 후 돌아가셨다. 동백이 이울듯 시들지 않고 단박에 생을 놓았다. 향년 92세였다. 홀로 우뚝 서서 우렁우렁 뜻대로 살다 성질대로 깔끔하게 떠나셨다.

시외할아버지는 유순하셨다. 딸의 머리도 빗겨주고, 연필도 가지런히 깎아주셨다. 큰소리 내는 법 없이 조용조용 집 안팎을 살피셨다. 사탕과 과자를 좋아하고 무른 음식을 즐겨 드셨다. 시외할아버지와 시외할머니는 구순하게 잘 살아 회혼례를 맞았다. 술을 즐기며 호탕했던 외할머니는 말년에 정신이 흐려지긴 했으나 끝까지 몸을 부리다 돌아가셨고, 그 후 외할아버지는 누워서 10여 년을 보냈다. 몸 속 수분이 다 날아가고 살과 뼈가 맞붙을 때에 이르러 소멸하셨다. 회화나무 한 그루가 시간을 다 쓰고 낙엽이 되어 말라 바스러져 버린 모습이었다. 향년 94세였다. 서두르는 법 없는 성격대로 차분차분 돌아가셨다.

캐나다 출신 의사 노먼 베쑨은 성질 때문에 일찍 죽었다. 주위의 충고를 듣지 않고 고집대로 살았다. 그는 당시 치명적이었던 폐결핵에 걸려 요양원에 들어가면서 부인에게 자유를 주기 위해 이혼을 한다. 요양원에서 발견한 새로운 치료법으로 완쾌한 후 돌아와 다시 구혼을 한다. 어렵게 두 번째 결혼을 했으나 너무 앞서가는 베쑨의 모험적인 발걸음을 부인은 따라갈 수가 없었다. 한 여자와 두 번 이혼을 한 것도 그의 급한 성질 탓이다. 그는 의사로서 파시즘과 제국주의에 반대하며 전쟁의 최전선까지 다가갔다. 중국 전투지역에서 40시간을 쉬지 않고 71건의 수술을 했다. 장갑도 끼지 않고 수술을 하다 결국 상처를 입고 패혈증으로 생을 마감한다. 49년, 그의 생은 보통 사람 몇 배의 경험을 했다. 잘 마른 장작의 불꽃처럼 화르르 타버렸다. 전력질주, 성질대로 단번에 떠났다.

열렬하게 산 사람은 죽음에 이르는 시간도 다급하다. 이승과 저승의 경계를 단박에 넘는다. 느긋한 성격은 오랜 시간을 두고 몸의 진기를 빼고 겨울나무처럼 다 벗고 나서야 간다. 짧은 시간에 가는 죽음이나 오래 준비된 죽음이나 황망한 건 마찬가지다. 애통한 죽음에

애꿎은 시간을 탓해보지만, 돌아보면 시간이 모자라서 못하는 일보다 열정이 모자라서 못한 일이 더 많다.

마지막 모습까지 시외할아버지를 똑 닮은 어머니의 성정과 시할머니를 그대로 닮은 강한 기질의 아버님을 보며 생각한다. 우리는 자유의지보다 강한 유전자의 내력대로 살게 된다. 무결점의 강건한 가계와 부지런한 기질을 타고난 사람은 갑이다. 유전자를 선택할 수 없으니 공평하지 않은 시작이다.

무작위로 태어났지만 살아내는 일은 선택의 연속이다. 크게는 결혼과 집을 사고파는 일, 작게는 여행이나 물건을 고르는 일이다. 나는 이런 일들을 비교분석하고 심사숙고하는 것보다 단박에 결정한다. 냉철하지 못한 결정을 책임지기 위해 끙끙대기도 한다. 직관으로 관통할 만한 깜냥도 안 되면서 실수를 반복한다. 그럼에도 후회나 반성은 없다. 그 순간순간에 몰두했다.

나는 비교적 건강한 몸을 받았다. 데이트를 할 때도 친구들과 걸을 때도 나 혼자 앞장서 걷고 있었다. 한때 별명이 불자동차였다. 시나브로 몸이 속도를 잃고 소소히 신음하기 시작했다. 우울해진 몸에 부산한 생각들을 긍정 쪽으로 밀어붙인다. 마음껏 입고 먹고 마시고, 편안히 누울 집이 있다. 내 마음을 뜨겁게 하는 사람과 풍경이 있다. 지금껏 누린 것이 얼마나 많은가. 언제든 떠나도 좋다. 속전속결이면 더욱 좋겠다.

침묵의 위로

큰오빠는 왜 자신의 약혼식 피로연에서 〈바우고개〉를 불렀을까. 꽃 같은 신부를 앞에 두고 옛 님이 그리워 그리워 눈물이 난다니. 나는 왜 흥얼거리는 노래가 〈님은 먼곳에〉인가. '사랑한다고 말할 걸 그랬지, 님이 아니면 못산다 할 것을' 첫사랑도 없는 주제에 무슨 청승인가.

요즘 나는 존 케이지의 〈4분 33초〉에 빠졌다. 무한 반복하는 묵음 연주, 고요 속에서 내 숨소리와 한숨소리, 모든 숨 붙은 것들이 만들어내는 음에 마음을 맡긴다. 몸 안의 톱니바퀴는 곳곳이 헐거워져 느리게 돌아간다. 나는 나사를 조이려 조바심치지 않는다. 가끔 푸른 빛이 지그시 다가와 어루만지기도 한다.

애통하지 않다

흰 국화꽃에 둘러싸인 사진 속 그의 눈은 여전히 선했다. 꽃무리 가운데에서도 활짝 웃지 못하고 있다. 직장 상사였던 그는 71세에 희귀병으로 세상을 떠났다. 투병 중에 죽음을 준비해서인지 보내는 가족들 모습이 담담하다. 대가족의 장남으로 부모, 조부모까지 모시고 효를 다했다. 직장에서도 편한 자리에 연연하지 않고 힘들게 일한 뒤 이른 퇴직을 했다. 강직하고 염치가 너무 많아서 안타까운 사람, 다시 없는 선비지만 누군가에게는 무능해보이기도 했다. 이 세상 나들이가 그에게는 소풍이 아닌 노역이었으리라. 잘 자란 아들과 딸이 결혼을 했고 손자, 손녀도 봤으니 의무는 다한 셈이다. 이제 자신만을 위한 시간으로 접어들었지만 정작 자신을 위한 놀이는 서툴렀을 듯, 다음 생이 있다면 효자와 선비의 옷을 벗고 가볍고 즐겁게 사시기를. 두 번의 절을 하면서 속으로 빌었다.

이십여 년 전, 할 일과 하고 싶은 일을 다 했으니 당장 죽어도 여한이 없다며 오토바이를 타던 아버님, 이제 90세가 되셨다. 사고로 죽을 고비를 여러 번 넘긴 후, 식구들이 통사정을 해서 요즘은 자전거를 타신다. 신문 기사에 백 세 이상 사는 분들의 특징이 아버님과 같다고 하니 환하게 웃으신다. 매일 오전과 오후에 자전거를 한 시간씩 타고, 6시, 12시, 6시 정확한 시간에 담백한 음식으로 소식小食을 하신다. 별미가 있어도 과식하는 법이 없다. 비나 눈이 오는 날에는 거실에 있는 실내 자전거에 앉아 책을 읽으며 다리운동을 하신다. 아직 좋은 시력으로 텔레비전은 자막이 나오는 영화를 주로 보신다. 청력이 많이 떨어졌지만 귀찮다고 보청기와 휴대폰을 거부하신다. 무심한 듯 세심한, 자기중심적이고 스트레스를 멀리하는 삶이다.

가정살림 말고는 취미생활이 없었던 어머니, 깔끔한 성격으로 집안을 쓸고 닦는 일이 주요 일과셨다. 80세까지 살림에 관여했지만, 목욕탕에서 두 번 쓰러진 후에는 아기가 되셨다. 만년에 운동은 침대 위에서 하는 맨손체조가 고작이었고, 89세에 거동이 불편해져서 요양원에 모셨다. 배려를 아는 어머니는 그곳도 친절하고 물리치료를 자주 받아서 좋다고 하신다. 맑은 얼굴로 '사도신경'을 나긋나긋 읊조리시면 죄민스럽다. 흰머리에 모자를 챙겨 쓰는 모습도, 자주 오지 말라는 말씀도 마음이 짠하다.

길건 짧건 할 일을 다 한 나머지 시간은 잉여 시간이다. 자신의 생각대로 몸을 움직일 수 있는 시간만이 온전히 사는 시간이다. 너무 이른 죽음조차 애통하지 않은 건, 잉여 시간에 대한 염려 때문이다. 호상은 삶의 길이가 아니고 삶의 품위에 달려 있다.

슬픈 축제

흰 국화는 너무 근엄하다.

병 없이 가신 91세 어머니의 빈소에 흰 국화 옆에 노랑, 핑크 장미를 나란히 두었다. 무심히, 아니 유심히 바라보니 오래 산 사람들은 흰 국화를 올리고 아직 한창인 사람들은 장미를 바친다. 노란 장미가 재재거리고 핑크빛 장미가 속살거린다.

흰색 꽃을 싫어하던 어머니, 고운 색깔을 좋아하던 어머니, 남편 사랑이 애타던 어머니, 자식 걱정보따리 무겁던 어머니가 다 내려놓고 환하게 피어난다.

중간보고서

건강검진을 받았다.

난생 처음, 억지 잠을 자며 내 위 속을 들여다보았다. 30분도 채 안 되어 깨어나서 멀쩡한 얼굴로 의사 앞에 앉았다. 오래된 축음기의 나팔 같은 것을 모니터로 보여주면서 설명을 한다. 지렁이가 지나간 고랑을 닮은 붉으죽죽한 물체가 내 위란다. 오래 전에 십이지장궤양을 앓았으며 완치 흔적이 있고, 지금은 식도염이 있다고 한다. 참으로 기이한 일이다. 이 질환은 남편이 평생 앓고 있는 병이다. 그동안 같은 병을 앓으면서 나는 아무런 병증이 없었는데, 그는 늘 괴롭다고 했다. 내 무심한 반응에 소심한 위는 기척도 못하고 저 홀로 앓고 또 나았는가보다. 얼마 전, 친구 부부도 나란히 대상포진을 앓았다. 같은 환경에 같은 음식 때문일까. 다른 혈통인데 어찌 같은 병을 앓을까. 부부도 가족력의 범위에 드는지. 그야말로 이성으로서 애틋함은 없어지고 피붙이가 되어가나보다. 모임에서 누군가 남편이 '남의 편'

이라고 생각해야 편하다는 말에 속없이 웃었다. 그 속을 어찌 알겠는가. 그런데 그 속의 병력이 같다는 건 아이러니다.

보이지 않는 속은 들여다보지 말아야 한다고 생각했다. 내 속을 남에게 보이는 것도, 남의 속을 보는 것도 바람직한 일은 아니다. 변화무쌍한 마음이 아닌 대동소이한 내장을 내보인 건 그나마 다행이다. 무슨 궁리를 하고 있는지 미루어 짐작하는 일은 그 노역에 대한 보상보다는 낭패가 크다. 그저 보여주는 것만 보고 남의 속은 헤아리지 않는 게 좋다.

산부인과 검진에서 내 자궁에 혹이 있다는 건 이미 알고 있던 사실이다. 의사는 6개월에 한번씩 확인하라고 한다. 혹여 그것이 자라서 나쁜 기운으로 퍼질 가능성이 있다는 것인지. 오래 전에는 그것이 제법 힘을 쓰던 때여서 나는 달거리 때가 되면 과다출혈과 통증으로 초죽음이 되었었다. 대학병원 의사는 바로 수술을 해야 한다며 명함까지 줬지만, 몇 년을 그냥 버텼다. 그리고 기다리던 폐경이 왔다, 그야말로 완경이다. 나는 수술대에 눕지 않고 그냥 건너왔다. 이제 와서 새삼 뭘 바라고 6개월에 한번씩 그 면구스러운 의자에 오르겠는가. 누구는 내게 뜨거운 맛을 못봐서 그렇다고 하지만, 여전히 착한 환자는 아니다.

금지된 것을 하지 않는 사람과 욕망대로 산 사람의 수명 비교에서 허탈감을 느낀다. 마음씀씀이 넓고 반듯한 자세로 규칙적으로 운동을 하던 S 선생님, 술과 담배를 멀리하고 곧은 성품으로 한 점 흐트

러짐 없었던 Y 선생님, 인정이 많아서 어려운 이들에게 열정적으로 봉사하던 P 선생님, 너무 일찍 우리 곁을 떠난 분들을 떠올리면 사람의 명은 이미 정해져 있지 않을까 하는 생각이 든다. 이들과 이별을 하고 '이제부터 막 살 거야'라며 투정도 하고, 하늘나라에서도 고운 사람이 필요해서 일찍 데려가셨나, 여기며 위로도 했다.

주변을 돌아보면 건강에 대한 노력과 수명은 비례하지 않는다. 어쩌면 운동보다 마음 다스리기를 먼저 해야 할 것 같다. 마음이 뇌의 지령에 의해 움직인다는 것은 여러 실험에서 입증되었다. 뇌가 건강한 사람은 면역력이 좋다고 한다. 뇌는 생각이다. 억압하면 기가 죽고 뇌 회로가 좁아지고 막혀서 면역력이 떨어진다.

뇌 연구자에 의하면 에스트로겐이라는 여성호르몬이 뇌를 건강하게 만든다고 한다. 억울할 때 화내고, 울고 싶을 때 크게 우는 것이 좋다. 눈물은 몸속의 나쁜 물질을 함께 빼준다고 한다. 술이 여성호르몬을 만드는 데 도움을 준다니 멀리하는 게 좋은 것만은 아니다. 술을 잘 마시면 남성적이며 호연지기가 있다고 했는데 그 반대인 것이다. 감정에 솔직한 것이 건강에 좋다지만 가릴 것 많은 어른으로서 쉬운 일은 아니다.

나는 자연치유력을 믿는다. 모든 병이 면역력만 지켜주면 스스로 회복된다고 믿는다. 암에 걸려도 나을 사람은 낫고 갈 사람은 간다. 그것은 그의 명이 다 되었기 때문일 것이라고 생각한다. 수술 후 내장이 제자리를 잡는 것도 자연치유의 힘이다. 그것이 없다면 아예 수술이라는 것을 하지 못할 수도 있다. 사고사도 마찬가지다. 피할 수 없는 일들 앞에서 자책하기보다는 정해졌던 일로 받아들인다.

인간관계에서도 자연치유력이 작용한다. 나와 같지 않은 남을 내 기준에 맞춰 판단하면 상처받기 십상이다. 시간은 치유의 힘이 있어, 되돌아올 것은 제자리를 찾을 것이고 아닌 것은 떠날 것이다. 애써 변명을 해도 큰 효력은 없다. 본성이 노력으로 바뀌는 부분은 아주 미미하다. 매일 기도생활을 하는 수도자들도 평생 5% 정도 바꿀 수 있다는 통계가 있다. 본향으로 돌아가려는 자기복원력이 천성과도 잇대어 있을 것 같다.

몸에게 충성을 다질 때가 있었다. 귀찮은 운동도 열심히 하고 좋아하는 간식도 줄이고, 몸에 좋다는 음식을 가려서 먹었다. 그러나 이제 그냥 입에서 당기는 걸 맛있게 먹고, 몸을 게으르게 두기로 했다. 몸보다 마음을 다지고 뇌를 깨우려고 한다.

오랜 세월을 동동거리며 건너왔다. 지금까지 큰 고장 없는 몸이 대견하다. 머지않아 쇠한 기운에 나직한 음성으로 느릿느릿 행동할 것이다. 그런 몸에는 누구 말이든 쉽게 수긍하는 말랑말랑한 정신이 제격이다. 너무 쟁쟁하게 맑아서 낡은 몸을 안타까이 바라보는 건 슬프고 난감한 일이다.

맑은 정신으로 100세 삶을 마감한 스코트 니어링이 떠오른다. '죽음이 삶의 절정이자 마지막에 피는 가장 아름다운 꽃'이라며 곡기를 끊고 최후의 과정을 하나하나 느끼며 떠났다. 그의 아내 헨렌 니어링은 고통과 억압이 없는 죽음, 여전히 생명의 흐름이 이어진 훌륭한 죽음을 슬픔 없이 바라보았다. 마른 잎이 떨어지듯 숨이 멈추고 자유로운 상태가 되었다고 한다.

앞으로 내 의지와 상관없이 자주 속을 들여다볼 수도 있다. 그런 사태를 대비해서 사전의료의향서를 써두었다. 내가 의식이 없을 때, 혹은 정신을 놓았을 때, 인공적인 연명치료를 하지 말라는 당부다.

태어나는 것은 선택할 수 없는 일이지만 죽음은 선택할 수도 있다. 늘 자는 듯이 가게 해달라고 기도하던 친정어머니는 맑은 정신으로 아침 잘 드시고 잠자는 듯이 혼수상태 사흘 만에 돌아가셨다. 평소 기도대로 떠났다. 어떤 모습으로 떠날지 생각하며 마음에 깊이 새기고 염원한다면 그리 되지 않을까.

여전히 대범한 척 씩씩하게 언제든 부르시면 네, 하고 가겠다고 새긴다. 자꾸 흔들리는 마음을 스스로 세뇌한다.

"네? 네! 네~"

나를 받아주세요

나 삼문 벼랑에 섰습니다.

내가 먼 곳으로 떠났다는 소식을 접한 사람 중에는 왜 하필 바쁜 시간에 부고냐며 투덜대는 이도 있을 테고, 잠시 추억을 더듬으며 가슴이 저릴 사람도 어쩌다 있겠지요. 다시는 볼 수 없다는 사실에 안도하는 사람이 있을지도 모릅니다.

남아 있는 사람들에게 어떤 모습으로 기억될지 두려워하지 않겠습니다. 철든 후 내 생은 눈치보기의 연속이었지만 모두에게 좋은 사람이 되는 건 어림없는 일이지요.

내가 떠나는 자리를 찾은 벗에게 두 번의 절은 받고 싶지 않습니다. 언제나처럼 슬쩍 웃고 있을 내 영정사진을 보며 혀를 차는 대신 함께 씨익 웃어주길 바랍니다. 축제 같은 이별식이면 더 좋겠습니다. 잔잔하게 읊조리는 연도나 성가가 들린다면 황송하면서도 행복할 것 같습니다.

병 없이 앓는 날이 길어지면 장롱이며 서랍 속에 남아 있는 것들을 내보내야 하지요. 산 사람의 물건은 숨이 붙어 있지만, 죽은 자의 것은 주인이 먼 곳을 떠나는 순간 함께 숨을 놓지요. 책이며 옷가지며 쓸 만한 것은 서둘러 새 주인을 찾아주어야 합니다. 오래 쓴 물건에도 혼이 깃든다는 것을 느끼거든요. 내가 살아 있는 동안에 새 주인과 정이 들 시간이 필요하지요.

말년에 어머니는 계절이 바뀌면 성급하게 없앤 물건들을 다시 장만해야 했지요. 그때는 필요한 것이래야 보온을 위한 옷가지 정도였지만요. 지나치게 깔끔했던 어머니의 뒤처리를 보며 눈 흘기던 게 어제 일 같습니다.

내가 어릴 때 우리 집은 자주 시루떡을 했는데 네모반듯한 것은 모두 이웃에 나누어주고 식구들은 귀퉁이 세모 조각만 먹었지요. 어머니 심부름으로 음식바구니를 들고 동네를 도는 일은 재미있었지요. 그러나 이런 어머니가 마냥 좋지는 않았습니다. 나는 내 살림을 하게 되면 나만을 위해 살리라 다짐했지요. 그것이 더 어려운 일인지는 나중에 알았지만요.

좋은 것을 다 나누어주던 어머니는 마지막 육신까지 가톨릭의과대학에 기증을 했습니다. 어머니의 유품은 정리할 것도 없었지요. 내게 남은 것은 어머니가 손수 짠 삼베 홑이불과 치자 물들인 명주 목도리가 고작입니다. 나 역시 자식에게 물려줄 게 변변찮아 눈 흘김 당할 건 뻔합니다.

받아주세요. 숨을 놓은 내 육신을 바칩니다. 살아서도 한가롭지 않은 내 삶은 죽어서도 분주할 것 같습니다. 많이 혹사당했음에도 불구하고 아직 쓸 만한 두 눈을 굳어지기 전에 누군가에게 얼른 주겠습니다. 무방비로 열어두었던 두 귀는 지니고 가렵니다. 늘 열어놓았지만 제 몫을 했는지는 자신 없습니다. 다만 순명을 다하는 귀의 자세를 깊이 새기기 위해서 곱게 거두어가려 합니다.

다 쓰지 못한 뇌는 그대로 반납합니다. 한번도 명석한 적 없이 궁리만 무성했지요. 제대로 건져올린 건 없지만 참으로 빡센 노동을 했습니다. 때때로 머리와 엇갈리는 의견에도 잘 버텨준 가슴이 대견합니다.

같은 자세로 오래 앉아 있어서인지 어깨가 단단하게 굳었습니다. 자주 칭얼대던 오른쪽 어깨에게 가장 미안합니다. 내 등뼈는 일찍이 위엄을 버렸습니다. 심한 스트레스와 쌓인 피로로 근육이 꼬였다고 하네요. 힘에 부친 맏며느리질을 오래하면서 저절로 비굴해졌습니다.

부실한 대로 기꺼운 머리를 겨우 얹고 있는 긴 목은 늘 기울어 있었지요. 마음씨 후한 선배는 내 자세를 보고, 남의 말을 잘 들어주는 겸손의 표징이라고 했지만 실은 민망한 얘기지요. 무시로 들끓는 속내를 들키지 않았음에 가슴을 쓸어내렸습니다.

메스라고하나요 그 벼린 칼로 가슴을 열 때 조심하세요. 늘 대책 없이 두근대던 심장 동네에서 아우성이 들릴지도 모르니까요. 앞으로 나아가지 못하는 웅얼거림이 가득할 거예요. 그곳은 아직 연륜이 만들어준 빗금을 새기지 못했거든요. 수많은 잡것들을 걸러내던 콩팥이며, 쉬지 않고 흐르던 대동맥이며 뇌동정맥은 오래된 고단함에서 비로소 해방될 것입니다.

포르말린에 잠겨 팅팅 불은 나의 몸은 몇 번 더 남은 할 일을 위해 대기할 것입니다. 끝으로 신참 의학도를 맞을 것입니다. 실습실 해부대 위에 반듯하게 누워 뼈와 내장이 무사히 해체되고 그들에게 오래 기억되어, 그들이 펼쳐갈 의로운 일에 쓰이기를 바랍니다. 흩어진 사이사이에서 흘러나올 내 한숨과 눈물이 마지막 부끄러움을 씻어주길 꿈꿉니다.

저기, 삼문 너머 어머니의 모습이 환합니다.

제6장 아포리즘

*

오, 어떤 것도 내 것이라 부르지 않는 우리는 얼마나 행복한가.

신성함을 흠뻑 마신 우리는 빛나는 신들을 닮았다.

— 법구경

봄봄봄

봄, 꽃

언덕배기에 산수유가 선웃음을 날린다.

제비꽃 살풋 고개 숙이고 쑥은 쑥쑥 올라와 푸르른 향내로 길손의 손길을 맞으리.

길가에 넌출넌출 수양버들 팔 벌리니 흰머리 휘파람새 그 품에 집을 짓고,

벌판은 꽉 짜인 풍경화.

실바람에 꽃비가 내린다. 좁은 길 굽은 길 연분홍 점묘화가 지천이다. 벚꽃이 진다고 애달플 건 없네.

봄볕은 벚나무 아래 곳간을 열어 이팝꽃 팡팡 나누네.

이팝꽃 곁 철쭉이 오동통 꽃망울 앙다물고 머지않아 여민 가슴 열어보이리.

꽃비, 걱정 없다.

벚꽃은 바람에 휘날릴 때가 절정인 걸. 절정에서 스러지는 저 눈부신 산화, 달콤한 봄날이다.

봄, 창

봄이 되면 시작하는 일이 창문 닦기다.

창문은 집의 의식이며 양심이라서 맑게 해야 한다지만, 늘 흐리게 살다가 봄 기척을 좀 더 잘 느껴 보려고 벌이는 짓이다.

손 닿는 부분과 손이 닿지 않는 곳으로 나눠지는 경계 앞에서 멈칫한다.

안과 밖의 눈길에 대해, 보이는 것과 보이지 않는 것의 부딪침에 대해, 해야 할 일과 원하는 것들의 힘겨루기에 대해….

궁리 많은 머리보다 착한 손, 재게 놀리는 손의 공력 앞에 희뿌연하던 풍경이 말갛게 고개를 내민다.

창을 닦고 나면 가슴에 산들바람이 깃든다. 안과 밖이 한통이니 머리까지 가붓하다.

닦는修鍊 건 가슴에 수련垂憐을 품는 일, 여기를 봐도 저기를 봐도 모두가 어여쁘다.

하늘은 자주 웃고 꽃들은 흥에 취하고 바람은 푸르싱싱하다.

저 찬란한 봄에 성장이 멈춘다는 에테르나 크로르포름을 뿌려볼까.

봄, 산

앞 산, 키 큰 소나무가 팔 벌려 새들을 부르고

단풍나무가 아직 마른 잎을 떨치지 못하는 사이

눈치 빠른 놈은 뾰족 아기새부리 같은 여린 잎을 내밀었다.

허리께서 나긋나긋 진달래 속삭이고, 희고 붉은 철쭉들 수다 질펀하다.

먼 데 산 바라보면 여리여리 연둣빛 잔치 한창이다.

진진 초록으로 건너가기 전 말랑말랑한 생명의 시작, 만만 봄이다.

봄산에 들바람이 불면 머리에 꽃 꽂고 싶어지는 날 많다.

아주 드문 일이지만 일순 깜깜해지는 모니터처럼

한참 얘기 중에 뚝 끊어지는 수화기마냥 그가 등을 돌린 것도 삽시간,

꽃보라 휘날리는 것도 잠깐, 목련이 환한 것도 한순간

쟁쟁 햇살이 애먼 눈 흘기니 겨우 버티고 선 무릎이 꺾인다.

꽃이 져야 잎이 돋듯, 어제의 그를 보내야 내일이 온다.

가기 위해 오는 봄, 가거라 그대.

夏 폭염

낮에 온 소나기가 만든 물웅덩이에 하늘이 마실 왔다.

여름을 견딜 수 있는 건 예고 없이 내리는 한 줄금 소낙비 덕이다.

강렬한 햇볕에 곡식이 여물고 과실은 단맛을 키운다. 불로 무쇠를 단련하듯 불볕에 몸과 마음을 달군다.

햇볕의 폭격을 이겨낸 몸은 곡식이 여물듯 강건해지고, 열뜬 마음은 정렬을 가다듬는다.

수직으로 쏘아대는 햇살, 지중해처럼 뇌살적이지 않고 끈끈한 습기가 서려 있다.

한번 얽히면 쉬이 떨치지 못하는 감정, 정이라며 눌어붙어 가붓하지 못하다.

그 검질긴 진득함에 어제의 상처를 잊고 속없이 용서하고 또 속으며 다시 사랑을 한다.

夏 장마

어쩌다 찾아와도 좋아요. 그대가 그곳에 있다는 것만으로 마음이 넉넉해져요. 숨 막히는 불볕도 그대 생각하면 서늘한 기운을 품어요. 가슴이 쩍쩍 갈라지는 아픔도 그대 눈길 한번이면 수그러들지요. 그대의 존재 자체로 충만한 기쁨, 아시죠.

바람에 더운 기운 몰려오던 어느 날부터 날마다 찾아오는 그대, 처음엔 환호하며 단박에 열락을 오갔지요. 밤드리 한낮까지 진진다리 휘감으며 요설을 풀었지요.

기약 없이 기다릴 때가 좋았다는 생각이 들 즈음, 숨고 싶은 마음이 부풀어 올랐어요. 아랫도리가 젖을 때까지는 참았어요.

그러나 이제 숨을 쉴 수 없을 지경이에요. 그대 부드러운 손길이 날카로운 대못이 되어 찌르고 있어요.

찢어진 상처에 곰팡꽃이 피었어요. 검죽죽한 곰팡꽃에 어쩌다 반짝 햇살이 닿아요. 환하게 피워보려 고개를 빼지만 슬몃 낯만 붉히고 마네요.

한낮에 자주 내린 어둠이 그대 목소리마저 지웠어요. 어쩌면 좋아요. 이젠 다시 보고 싶지 않아요. 지루한 건 딱 질색이에요.

너무 순진한 건가요. 밀당을 모르는 그대, 차라리 폭염하고나 놀까 봐요.

下 하심

땡볕 아래서 만난 운문사 소나무.

그 험한 임진왜란을 살아 넘기고, 굴욕의 병자호란도 질끈 눈 감고 이겨냈네.

5백 년 세월 내내 아래로 아래로만 숨기척하네. 층층사리 깃든 생채기 감싸어르고 애린 한숨 받아내며 벌린 팔, 가지가지 쭉 뻗은 겨드랑 지주대로 받치고 있네. 저 기둥 거두면 땅이랑 만날 텐데.

지난 삼월 삼짇날엔 막걸리 열두 말 마셨네.

그런 술기운 없이 이 청청도량에서 어찌 버틸까. 진탕 마시고도 주정 한번 못하는 저 어엿한 선비, 솔잎 사이로 내리는 햇살마저 벼리네.

왜란보다 호란보다 더 무서운 건 내란.

앳된 비구니 들끓는 속 식히려 자꾸자꾸 그늘을 만드네. 처진 소나무의 마음은 깊고도 높은 하심下心.

하심을 품으면 노상 웃을 일이네. 하하하.

추추추

추모

커다란 배가 기울었다.

서서히 주저앉는 것을 속수무책 바라보았다. 비현실적인 장면이 가슴에 박혔다.

책임져야 하는 이들은 꼬리를 감추고, 물신을 섬기는 자들은 네 탓이여 네 탓이여 하며 손가락총만 쏘아댄다. 생명밖에 소중한 게 없는 이들은 내 탓이요 내 탓이요 가슴을 친다.

멀쩡하던 나무가 쓰러진 적이 있었다.

우리는 쓰러지고 나서야 뿌리가 썩고 있었던 것을 알았다.

도처에 널린 예비된 죽음들, 귀한 것은 속절없이 간다.

추수

미안하다. 잘 익은 사과가 볼 붉히며 입을 뗀다. 단물 홍건한 복숭

아는 고개를 숙인다. 속내를 감춘 알밤도 발 아래 엎드린다. 봄 내내 눈물바람으로 뿌린 씨앗, 푹푹 여름 흐느끼며 속을 채웠다. 올해는 전에 없던 간기가 배었을 게다.

분주한 타작마당엔 알곡보다 쭉정이가 많다.

산자는 다시 밥을 먹고 술을 마시고 가끔 하늘도 본다. 말을 엮고 몸을 섞으며 하루하루를 지운다. 거둘수록 더하는 허기, 참담했던 시간의 발자국마저 염치없다. 미안하다.

추억

몽골에서 말을 타기 전, 그와 눈을 맞추고 긴 허리를 쓰다듬으며 인사를 한다. 신전을 떠받치는 기둥 같은 강건한 다리, 다부진 발목, 휘날리는 말갈기는 홀리게 근사하다.

떠나간 한무리의 거친 숨소리를 떠올리며 그의 등에 다리를 휘감는다. 허브 벌판을 달리며 풍겨오는 향에 까무룩 취한다.

고삐를 잘 잡아야 해. 방향을 바로잡아야 해, 우레 같은 이명에 박차를 가한다.

말고삐를 잡고 추추추, 재촉을 하면 말은 세게 달린다. 광야를 거쳐 사막을 지나 추추추, 고이 보내지 못한 너를 향해 추추추. 추추추.

동동동

동백冬柏

가을부터 앙다문 입술, 흰 눈을 머리에 이고도 여문 입을 열지 않는다.

새빨간 입술만 봐도 설렌다. 살짝 내민 혓바닥에 황금빛 조화 서리면 바짝 달아오른다.

어쩌라고 규중처자인 양 옅은 미소만 머금고 새치름하다.

어쩌자고 속내를 드러내지 않고 통째로 목을 탁, 꺾는다.

동침冬沈

겨울에 나를 담근다.

산지사방 휘도는 마음, 울뚝불뚝한 성질머리, 때 없이 징징거리는 관절을 꽁꽁 묶어 동작 정지시킨다.

겨울에 제 맛이라 동침冬沈에서 나온 동치미, 무와 소금물이 만나

이루어낸 작품, 코끝이 찡하고 더부룩한 속을 뚫어준다. 무르익지 못하고 설컹거리는 나는 무를 우러른다. 진한 맛이 거저 들었겠는가.

동지冬至

이룬 것 없는 기나긴 밤, 한 허리 베어내도 쓸 데가 없다. 서리서리 감아둘 노래도, 굽이굽이 펼칠 이야기도 없는 내 허름한 편력. 셈속이 밝지도 못하면서 단방에 빠지지 못하는 어정쩡한 몸짓, 들끓는 가슴과 굳은 몸은 내내 불협화음이다.

다다를 수 없는 그를 바라보며 나는 발만 구른다. 동동동.

봄비를 마시자

입춘에 내리는 빗물을 마시고 동침하면 아들을 낳는다는 속설이 있다.

군대에 가서 오지 못하고 바다에서 돌아오지 못한 사람들 다른 나라에 가서 돌아오지 않는 사람들을 대신할 아니, 뒤 이을 어여쁘고 튼실한 아이를 만들자.

그리하여 지금부터 제대로 살자. 서로 바라만 봐도 함박 웃는 새봄, 분분 꽃바람 속에서 한껏 놀아보자.

땅이 촉촉해지는 곡우, 흙을 일구어 봄 일을 시작한다. 좋은 씨앗 고르기가 첫째다. 부정탄 이가 싹 틔어놓은 볍씨를 보기만 해도 한해 농사를 망친다고 했다. 도처에 널린 씨앗 중에 알짜를 가리는 밝은 눈 없이 어찌 농부라 하겠는가.

나라 살림에 더 말해 뭐하랴. 남북도 모자라 동서로 나누고 동색끼리 뭉쳐서 웽웽 왕왕. 쩨쩨한 문고리 풀고 좌우 가리지 말고, 큰 대문 활짝 열어 동량지신 찾아보자.

청명, 사방 빛 닿지 않는 곳이 없네.

봄비 내리자 꽃꽃이 머리 밀고 올라오는 저 함성, 오동철갑도 절로 벗겨지네.

여름, 서럽게 운다

폭염이 대지를 달구면 다급하게 우는 소리가 들려온다. 울창한 여름 숲에 들면 그 소리 자지러진다. 자진모리로 가쁜 숨을 헐떡이다 중중모리 몰아쉬다 중모리를 거쳐 진양단장 긴 울음으로 천지를 휘감는다.

츨츠르오씨 밝고 화려한 플루트처럼 싱그러운 애매미 소리, 따르따를르 피콜로 소릴 내는 숲속의 참깽깽매미, 트르륵츠륵 고성방가 트럼본 주자같이 당당한 말매미 소리. 누대에 걸쳐 진화된 이들의 언어를 알 수가 없다. 뭘까. 무엇 때문에 우는 것일까.

젊지도 폭 늙지도 못한 저 생, 삼키지도 뱉지도 못한 소리에 어깨가 출렁인다. 꺽꺽 밭은숨이 명치에 걸린다. 불화의 세상이 어제 오늘이던가. 눈물 없는 속울음에 뼈마디가 녹는다.

매미들은 긴긴 땅속 세월을 건너와 가장 맘에 들게 우는 수컷과 짝짓기를 하고, 알을 낳고, 짧은 삶을 끝낸다. 이것이 바로 매미의 생, 오랜 화두를 던지고 가는 매미의 생.

분하고 억울한 마음 펼쳐 눈물에 씻는다. 박박 치대고 흔들어 쓴기독기 빼내고 통곡바람에 보송보송 말리는 저 오체투지. 매미를 따라 명 짧은 여름 꽃이 흩날린다.

목놓아 우는 자는 아름답다.

춤추는 가을

가을 들녘에 춤판이 벌어졌다.

고개 숙인 벼이삭 슬렁슬렁 블루스를, 탐스런 수크령 멀리 가까이 오가며 왈츠 한창이다. 서걱서걱 수수밭 숨결마다 각 세우는 탱고며, 잘 여문 해바라기 늠실늠실 플라멩코까지. 홍대로 머리 맞대고 바람에 몸 맡겨 휘휘친친 군무 흐벅지네.

여태 덜 익어 고개든 놈도 있네, 불쌍타 빼센 것들. 힘 빼고 한바탕 흔들면 되는 것을.

공포가 창궐했다.

사람 모이는 곳이 헐렁하다. 국제전염병 '사스'도 우리는 신고 다니며 물리쳤다. 돌연한 죽음보다 무서운 건 생각 없이 오래 사는 것.

35분에 한 명씩 스스로 목숨을 끊는 나라에서 무서운 게 뭔가. 명命은 하늘에 있다는데 죽음의 공포恐怖보다 위험한 삶의 공포空包.

담방담방 뒤꿈치에 힘을 넣고 오달지게 흔들어보자.

허설쑤로 어림없다.

온 나라가 흔뎅거리니 어느 가락에 맞춰 춤을 추나. 슬금슬금 맞춘 발이 남의 발등 마구 밟네. 반 박자 늦는 건 웃음거리나 두 박자 뒤진 건 한숨거리네. 두 발 쿵쿵 다지고 팔을 한껏 휘두르면 잡것 날것 다 달아날 터, 온몸이 흠씬 젖네.

오직 믿을 건 썩지 않는 내 땀이네.

겨울, 겨우살이

겨우살이, 사철 내내 붙어살 궁리만 한다. 땅에 뿌리를 박고 필사적으로 살아내야 하는 건 어미나무의 일이다. 세상은 처음부터 공평하지 않았다. 억울하고 원통한 건 숙주의 숙명이다.

그녀의 겨울이다.

곱디곱던 그녀, 맛없는 시간을 자꾸 먹어 하얗게 쇠었다. 무거워 무거워서 홀로 움직일 수가 없다. 쇠한 가죽부대에 격정의 여름과 희열의 가을이 담겨 있다. 웃음과 눈물과 땀이 켜켜이 쌓여 아랫도리가 늘어졌다.

어른은 영감으로 살고, 노인은 기억으로 산다. 몸이 기울고 나니 기억과 영감이 치열하게 겨룬다. 언감생심 숨 거둘 그날까지 영감님을 갈망하지만, 한물간 기억만 가물가물 꼼지락거리며 생을 연장한다.

생은 난만한 달빛 아래 잠깐의 축제다.

축제가 끝나면 모두들 맨몸으로 돌아간다. 누운 자리에서 거름이 되어 새 생명을 일으킬 것이다. 어떤 생명으로 다시 피어날 것인가. 저기 다음 생, 환한 봄이 밀려온다.

날아라, 생명

아랫녘 매화가 은은한 향으로 머리를 풀었다. 다문다문 여리게 핀 진달래 수줍은 품새, 꽃바람 날리는 벚꽃이 깜박 정신을 홀린다. 희고 붉은 송아리 철쭉은 질펀하게, 뽀얀 목련은 우아한 자태로, 분칠한 장미는 대놓고 요염을 떤다.

살짝 숨길수록 당기는 법, 감질나야 더 끌리는데 숨길 줄 모르는 꽃들의 난장. 저 치부를 드러낸 필사의 구애. 방사밖에 수가 없는 지극한 꼴림.

어쩔거나, 피어라 생명.

벌은 꽃을 향해 단숨에 날아든다. 아직 활짝 펴지 않은 봉오리 속까지 내리지른다. 그러다 잉잉 호박꽃에 갇히기도 한다. 한번 꽂으면 목숨을 바치는 게 벌의 정신. 목숨을 건 몸말, 드러낸 욕망은 차라리 순정하다.

나비는 진한 향으로 유혹을 해도 한 걸음에 내달리지 않는다. 예 슬쩍 제 슬쩍 곁눈질해가면서 나울나울 다가온다. 꽃에 앉는 것도 사푼, 속 깊이 들지 않는다.

수컷은 암컷을 찾아 날아다니고 암컷은 교미 후 산란에 목숨을 건다. 쾌락은 순간이고 대 잇기가 지고의 언명이다. 언명이 휘청휘청, 갑작바람 분분 휘날린다.

꽃이 열망하는 게 벌 나비가 아니듯 벌 나비의 짝도 꽃이 아니다. 다행이다, 동상이몽. 착각 없이 팍팍해서 어찌 살아내겠는가.

질주하는 여름

비꽃 듣다.
여린 몸 낱낱이 힘 모아
한여름 열기를 삭이고 정결한 결기를 품었다.
씻어내리는 건 비의 본성
감탕밭에서도 맑은 것을 온몸으로 자아올린다.
오늘 내린 비가 어제 것을 씻는다.
거친 대지에 흠뻑 스미고 넘쳐흐른다.
물의 힘은 흐름
흐르고 흘러 근원에 가닿는다.
깊은 숨 몰아넣고 살과 뼈를 잇대어
처음 태어나는 것의 밑절미가 된다.
내딛는 걸음마다 기꺼운 탄성
비의 직립에 관여하는 건 오직 바람뿐

바람의 기분은 가늠할 수가 없어,

슬렁거리며 목덜미를 어루만지다 잇바디를 드러내 어느새 시퍼렇게 요동치며 밑바닥까지 뒤엎는다.

관념을 버리고 오래된 갈등과 사족을 버리라고 재촉하지 마라. 버리고 버리다 날개와 환상까지 버릴까 두렵다.

개성공단이 문 닫는 것을 보며 공든 탑이 무너지는 소리를 들었다. 바람의 편력은 끝나지 않고 멀쩡한 얼굴로 다시 화해의 손을 흔드는데 돌아선 마음은 이내 풀리지 않는다.

모나고 해진 것들 어르고 달래며 흐르고 흘러 바다로 간다. 다 받아주어 바다라는 종래의 어미 품으로, 모두 그곳에서 새로 태어난다.

어린 돌고래 한 마리 바다 속에서 사막을 그리워한다. 그 사막에서는 쌍봉낙타가 바다를 꿈꾼다. 등에 매단 물주머니를 버리고 싶어 긴 속눈썹이 자주 젖는다.

산과 산맥이 들과 벌판이 켜켜이 쌓여 한세상을 이루고, 산호초 사이를 기웃거리는 물풀 하나 목에 건다. 물풀을 채찍삼아 바닷말을 달린다. 추추추 내달리며 파도를 탄다.

연습 없이 완성해야 하는 생, 자기 몫의 시간을 미련 없이 질주해야 한다.

피어라, 오늘

70년을 사는 솔개는 40살쯤 되면 두 가지 선택을 할 수 있다. 노쇠한 몸 그대로 죽을 날을 기다리든가 아니면 반 년에 걸쳐 새 몸을 만드는 것이다. 산 정상에 올라 바위에 낡은 부리를 쪼아서 빠지게 한다. 서서히 새 부리가 돋아나면 그 부리로 무뎌진 발톱과 무거워진 깃털을 뽑아낸다. 그 후 새 발톱과 깃털이 나와 솔개는 다시 힘차게 새로운 삶을 산다.

시난고난하던 때, 이 이야기에 정신이 번쩍 들었다. 그러나 얼마 지나지 않아 이것이 우화라는 걸 알았다. 실제로 솔개의 수명은 20년 정도이며 부리가 상한 뒤 다시 자라는 조류는 없다고 한다. 새로운 선택을 할 때나 중요한 결정을 할 때 우리의 의지를 다그치기 위해서 만든 우언이었다. 어쨌거나 맹렬한 행은 고수의 몸짓이다.

그럼에도 나는 쇄신을 생각했다. 머리는 산뜻한 색으로 바꾸고 늘어진 피부는 잡아당기고 부실해진 무릎의 연골도 갈아 끼워 삐걱거리는 육신을 먼저 바꿀까. 대책 없는 호기심과 지치지 않는 역마살을 무질러야 할까. 불쑥불쑥 치미는 부아와 아집, 시시로 들끓는 속은 어쩌나.

아무래도 쇄신刷新에 쇄신碎身할 자신이 없다. 내일을 위해 오늘 고통스럽지 말 것, 오늘 즐거워야 내일도 즐겁다. 다시 제자리다.

사람은 피어날 때는 더뎌도 스러지는 데는 가속이 붙는다. 후반부 시간이 빨리 가는 건 다행이다. 다만 슬로비디오로 이어지는 행동과의 언밸런스를 잘 다스려야 한다.

겨우 한철을 살다 가는 꽃이 말한다. '잎은 나비에게 주고 꿀은 벌에게 다 주고 향기는 바람에게 주고 그래도 잃은 건 하나도 없다'고. 가을이 오면 풍성하게 거두는 게 아니라 또바기 나누면서 그득해지는 비책을 알려준다. 짧은 시간에도 속속들이 여물었다. 그래서 모두 좋아하는 '꽃'인가보다.

우리는 안다, 행복은 삶의 양이 아니라 질이라는 걸. 꽃 닮은 사람은 인생의 계절 어디에 서 있든 사랑옵다.

여린 봉오리든 한창 피었든 슬몃 이울어가든, 누구나 오늘이 최고다.

겨울 채비

지나온 길 위에 떨어진 흔적을 보네
때로는 꽃보라로
때때로 풋이파리로
이따금 가시를 흩뿌리며 겨우 섰네
몸체보다 깊은 뿌리를 위해
땀과 눈물과 열정을 쏟아부었지
벌 나비 새는 정겨운 벗
살가운 훈기로 속살을 오르게 하고
강풍과 폭설은 고마운 벗
무딘 정신을 깨우고 굽은 등을 펴게 하네
자주 근지러운 옹이,
냉가슴 덴가슴 어루만지며
누대의 흔적을 지우려 하네.

눈언저리에 내린 콩깍지가 벗겨지니 세상이 가차 없다. 눈빛만으로 마음을 읽는 환상을 벗고, 혀짤배기소리도 버리고, 꼬리만 흔들고 혀를 함부로 굴리지 말아야 한다. 궁성 옆에서도 당당한 오두막을 짓고, 눈가에 자란자란 고이는 햇살에 속내를 말린다.

새로운 콩깍지가 필요해. 맑으면서 얕을 것, 함부로 깊어지면 치명에 이르는 눈총을 받는다.

한때 청색 수레국화, 노란 해바라기, 보랏빛 벌개미취에 정신을 팔았다. 그러다 하얀 구절초, 옥잠화, 아기별꽃으로 돌아왔다. 생은 흰 배내옷으로 시작해서 흰 수의로 마감하는 것, 흰색만큼 정한 것이 있나.

지상의 모든 것을 덮는 흰 눈, 잠시의 화평에 기대 위로를 얻는다. 다시 햇살이 내려 구차한 몰골이 드러나도 무능이 죄가 되지 않고, 무엇을 증명하려고 애쓰지 않아도 되는 시간을 탐한다.

노정숙 에세이
피어라, 오늘

지은이_ 노정숙
펴낸이_ 조현석
펴낸곳_ 북인
디자인_ 푸른영토

1판 1쇄_ 2021년 03월 20일
출판등록번호_ 313 - 2004 - 000111
주소_ 121 - 842 서울 마포구 서교동 467 - 4, 301호
전화_ 02 - 323 - 7767
팩스_ 02 - 323 - 7845

ISBN 979-11-6512-026-9 03810

책값은 뒤표지에 있습니다.
저자와 협의 아래 인지를 생략합니다.